AF140575

Geschichten vom Sofa
von Lou Lila

Bibliografische Information der Deutschen Nationalbibliothek. Die Deutsche Nationalbibliothek verzeichnet diese Publikation in der Deutschen Nationalbibliografie, detaillierte bibliografische Daten sind im Internet unter http://dnb.dnb.de abrufbar

©2014 Lou Lila
Herstellung und Verlag:
BoD – Books on Demand, Norderstedt

ISBN: 978-3-7357-5099-0

Man stelle sich vor:

Eine Großstadt.
Eine ruhige Nebenstraße.
Ein kleines Café.

Es ist ein altes Café. Die jetzige Besitzerin hat es vor einigen Jahren erworben und erst vor kurzem renovieren lassen. Sie hat eine Vorliebe für die Farbe Weiß, was sich vor allem an den Wänden des Cafés erkennen lässt. Das Café ist die Verwirklichung ihres Lebenstraums. Nach vielen Mühen und Anstrengungen ist es genau so, wie sich die Besitzerin es immer erträumt hatte.

Betritt man das Café durch die große gläserne Eingangstür, findet man sich in einer Oase aus Duft von Frischgebackenem, Kaffee und Tee wieder. Da seine Besitzerin klassische Musik jeder Art liebt, spielt diese unaufhörlich leise im Hintergrund. Die Frau ist nicht nur die Besitzerin des Cafés, sondern auch die einzige Bedienung. Für eine weitere Angestellte fehlt ihr das Geld.

Auf den ersten Blick fällt das gläserne Kuchenbuffet ins Auge. Es steht neben der kurzen Theke, die die Küche von den restlichen Räumlichkeiten trennt. Es stehen mehrere Holztische und passende Stühle im Café, die zum Sitzen einladen. Die Tische zieren kleine Blumenvasen mit verschiedenfarbigen Gerbera. Diese wechseln täglich die Farbe, dafür sorgt die Cafébesitzerin. Es gibt eine Spielecke für Kinder. Die Wände schmücken einige wenige Gemälde von unbekannten Malern, die eher der Renaissance zuzuordnen sind. Und ganz hinten, an der rechten Wand befindet sich ein etwas abseits stehendes rotes Sofa. Ein Sofa, wie man es nur in alten Bilderbüchern finden kann. Ein Sofa dessen roter samtiger Bezug sofort ins Auge fällt. Die geschwungene Rückenlehne lädt zum Anlehnen ein. In seiner weichen Sitzfläche kann man versinken, einfaches Hinsetzen ist gänzlich unmöglich.

Das besagte Sofa steht in diesem Café, seit es dieses gibt. Obwohl die Besitzer des Cafés früher mehrfach wechselten, mochte sich kein Eigentümer vom besagten Sofa trennen. In den 80er Jahren, genauer 1984, stand es jedoch einige Zeit im Keller. Der damalige Besitzer hatte eine Vorliebe für Neonfarben und Chrom. Da war es für das Sofa besser die Zeit der Geschmacksverirrung im Keller zu überdauern. Aber das war seine einzige bekannte Auszeit. Ansonsten hatte es jeden

Tag im Café gestanden. An so ziemlich jedem Platz. All die Geschichten der Menschen, die auf ihm Platz genommen hatten, hat das Sofa überdauert. Es hat die schönen, traurigen, gemeinen, bösen, lustigen und unerhörten Geschichten miterlebt. Die unterschiedlichsten Menschen haben auf dem Sofa gesessen. Dieses Sofa hat allerhand erlebt.

Wenn es erzählen könnte, welche Geschichten würde es zu berichten haben?

Kapitel 1: Am Ende

Es war noch früher Vormittag. Sie hatte sich den Termin nicht aussuchen können, er war ihr vorgegeben worden. Schließlich musste alles sehr schnell gehen. In diesem Augenblick kam es ihr vor, als glühten die Unterlagen und Kostenvoranschläge des Bestatters in ihrer kleinen Handtasche. Sie umfasste die Tasche noch fester und drückte sie mit beiden Händen an sich. Obwohl sie nach all den Jahren schon sehr abgegriffen war, konnte sie sich einfach nicht davon trennen. Er hatte sie ihr zum goldenen Hochzeitstag geschenkt. Aber auch das war jetzt schon viele Jahre her. Für sie war es damals die schönste Tasche gewesen, die sie jemals besessen hatte. So hatte sie es ihm immer wieder beteuert. Sie hing noch immer sehr an ihrer Tasche.

Nun ging sie mit ihren kleinen Schrittchen auf die Tür des Cafés zu. Hier kam sie hin und wieder her und setzte sich auf *ihr* rotes Sofa, wie sie es immer für sich nannte. Ihrem Mann hatte sie das vor einigen Jahren einmal erzählt und es hatte ihn, wie erwartet, belustigt. Cafébesuche waren nichts für ihn gewesen. Er sagte immer: «Essen gehen ja, aber warum soll ich mich denn in ein Café setzen? Ich trinke doch weder Tee noch Kaffee.» Was hätte sie ihm dazu sagen sollen? Aber jetzt gab es für ihn keine Entscheidungsmöglichkeit mehr. Ihm sollte auf ewig dieses wunderbare Gefühl verschlossen bleiben, das sich einstellt, wenn man mal eine Pause machte und den eigenen Befindlichkeiten nachgab. Aus diesem Grund war sie stets allein in ihr Café gegangen und hatte sich ihren Gedanken auf dem Sofa hingegeben. Immer nur, wenn es sich einrichten ließ und das war leider nicht sehr oft gewesen. Hier im Café auf ihrem Sofa konnte sie nachdenken. Es störte keiner ihre Gedanken und niemand war da, der sie unruhig machte. Alles war sicher. Hier fühlte *sie* sich sicher.

Jetzt stand sie vor der Tür und freute sich darüber, dass sie offenbar die erste Besucherin war. Das war gut, so würde sie eine ganz besondere Ruhe umgeben. Sie drückte die Tür langsam auf und hörte eine ihr unbekannte Melodie im Hintergrund. Zielstrebig bewegte sie sich auf das rote Sofa zu und stellte ihre Handtasche auf dem Tisch ab. Sie knöpfte ihren braunen Pelzmantel auf und hängte ihn an den Garderobenständer. Langsam ließ sie sich auf das Sofa gleiten. Als sie endlich saß, seufzte sie leise und spürte einen inneren Frieden, wie sie ihn selten hatte. Dann kam auch schon die Besitzerin des Cafés. Sie trug wie immer eine schwarze Schürze und ein Tablett mit ihrem kleinen Block und einem Bleistift in der Hand. Auch heute hatte sie ihre langen roten Haare zu einem Knoten zusammengebunden und lächelte mit ihren grünen Augen so herzlich, dass sich ihre ganzen Sommersprossen in Falten legten. Schon oft hatte die alte Dame gedacht, dass diese Cafébesitzerin so lebensfroh wirkte, wie es nur wenige waren, die die Lebensmitte schon deutlich überschritten hatten. Sie bestellte einen großen Kaffee, einen Schoko-Muffin und ein Glas Sekt. Auf die Frage der Frau, ob es denn etwas zu feiern gäbe, huschte nur ein flüchtiges Lächeln über das Gesicht der alten Dame. Zu feiern? Ihr Mann war gerade verstorben und sie musste die Beerdigung organisieren. Für eine Frau in ihrem hohen Alter sicherlich kein Vergnügen. Da konnte ein Glas Sekt auf jeden Fall nicht schaden. Sie hatte so vieles zu erledigen. Da war es gut, dass sie in all den Jahren nichts hatte ausgeben dürfen. Letztendlich war das Sparen ihres verstorbenen Mannes doch noch für etwas gut gewesen. Jetzt konnte sie wenigstens ohne Schwierigkeiten die Beerdigung bezahlen. Sie nippte an ihrem

Sekt. In Gedanken ließ sie noch mal das Gespräch beim Beerdigungsinstitut Revue passieren und holte dann die Unterlagen des Bestatters heraus. Mit einem kleinen Kugelschreiber, den sie immer bei sich trug, notierte sie die Kosten der Beerdigung. Schnell hatte sie alles zusammengerechnet. Wenn sie eins in ihrem Leben gelernt hatte, dann war es Kosten zu berechnen.

Am Anfang ihrer Ehe, als sie wirklich noch sehr sehr jung waren, hatten sie einmal einen Urlaub in den Bergen geplant. Ihre Gedanken versanken in der Erinnerung. Was hatte sie sich damals auf diesen Urlaub gefreut. Wie sehr sie gespart hatte, nur um diese herrlichen klaren Bergseen erleben zu können. Die Berge, die in ihrer Erinnerung bis in den Himmel reichten und die Kühe, die auf diesen grünen Wiesen standen und grasten. Sie war so glücklich gewesen. Es hatte ihr nichts ausgemacht beim Haushaltsgeld immer wieder etwas einzusparen, damit sie in den Urlaub fahren konnten. Sie hatte auch gerne noch ein weiteres Jahr auf diesen Urlaub gewartet, weil das Geld einfach nicht hatte reichen wollen. Die Woche in den Bergen war dann auch der schönste Urlaub, an den sie sich erinnern konnte. Aber das konnte auch daran liegen, dass es der einzige gewesen war. Woran jedoch nicht das Geld schuld gewesen war.

Damals hatte ihr Mann sie gelehrt immer alles genau zu berechnen. So wollte er es. Da hatte er besonderen Wert drauf gelegt. Sie hatte sich stets bemüht seinen Wünschen nachzukommen. Sie wollte ihm stets Freude bereiten. Nur einmal, da hatte sie sich über seinen Wunsch hinweggesetzt. Verstohlen rieb sie sich das rechte Handgelenk. Immer wieder schmerzte es, auch nach so vielen Jahren. Ihr Arzt sagte, dass das immer noch von dem Bruch kam, den sie sich damals zugezogen hatte. Gebrochen wurde ihr Handgelenk, als sie vor vielen Jahren in einem Anflug von Begeisterung Stoff für Vorhänge gekauft hatte. In Gedanken konnte sie sich das Muster noch genau vorstellen, es tanzten kleine Rosenblüten leicht und wie hingetupft auf cremefarbenen Untergrund. Sie wollte im Esszimmer die dunkelbraunen Vorhänge gegen die neuen freundlichen austauschen. Damals hatte sie gedacht, dass sie als Frau, deren Gatte im Vorstand einer großen Firma tätig war, so viel Geld von der Haushaltskasse abzweigen dürfe. Schließlich wollte sie ihn doch mit den neuen freundlichen Vorhängen überraschen. Sie war voller Vorfreude gewesen, kurz bevor sie ihm die Vorhänge präsentiert hatte. Freudestrahlend hatte sie ihm gezeigt, was sie für das Geld erstanden hatte. Dann ging alles sehr schnell und so richtig wusste sie auch nicht mehr, wie es passiert war. Aber als er ihren Arm gegen den Tisch schlug, zerbrach das Handgelenk in viele Stücke und es dauerte einige Wochen, bis es wieder geheilt war. Bis heute schmerzte es hin und wieder. So wie jetzt, was sicher der Kälte des Wetters geschuldet war.

Nicht dass sie hätten sparen müssen, denn eigentlich hatte er immer sehr gut verdient. Und manchmal hatte er sich, besonders bei großen Festlichkeiten, dazu hinreißen lassen ihr sehr großzügige Geschenke zu machen. Wie zum Beispiel den Pelzmantel, den sie jetzt am Garderobenständer verstohlen betrachtete. Während sie einen weiteren Schluck von ihrem Sekt trank und an ihrem Muffin knabberte, gingen ihre Gedanken auf die Reise und ihr Blick ruhte auf dem Pelzmantel, der arglos an der Garderobe neben ihrem Sofa hing. Was hatte sie sich damals über diesen Pelzmantel gefreut. Wie überrascht sie damals war, als er ihn ihr zum dreißigsten Geburtstag vor der ganzen Festgesellschaft überreichte. Alle hatten sie damals darum beneidet, dass sie von ihrem

Mann mit einem dermaßen kostbaren Geschenk bedacht wurde. Sie war so stolz gewesen. Ihr Blick strich über den Pelz, der in all den Jahren etwas an seinem Glanz eingebüßt hatte, obwohl sie ihn immer sehr hatte schonen müssen. Immer durfte sie ihn nur an den kältesten Wintertagen anziehen. Anschließend hatte er wieder gut verpackt im Schrank verstaut werden müssen. In Gedanken hörte sie seine schweren Schritte im Flur, wenn er einen seiner täglichen Kontrollgänge durchführte, bei denen er selbstverständlich auch die Verwahrung des Pelzmantels kontrollierte. Sie hatte es irgendwann aufgegeben sich zu fragen, warum er dies auch im Sommer tat. Sie erinnerte sich noch genau, wie sie ihn vor vielen Jahren einmal danach fragte. Allerdings hatte sie vergessen, wie lange sie danach im Krankenhaus gelegen hatte. Nur daran, dass die Krankenschwestern sehr einfühlsam gewesen waren, erinnerte sie sich genau. Damals wäre sie gern noch ein wenig länger im Krankenhaus geblieben, aber auch wenn sich die netten Krankenschwestern wirklich Mühe gaben ihre Genesung zu verbergen, irgendwann musste sie doch entlassen werden.

Sie seufzte, wischte die Gedanken fort und biss erneut ein Stück Muffin ab. Die Schokolade schmolz in ihrem Mund und hinterließ einen wunderbaren Geschmack. Dafür lohnt es sich doch zu leben. Was ihr Mann alles verpasst hatte und jetzt blieb ihm keine Zeit mehr etwas Neues auszuprobieren. Ein kleines Kichern ging über ihre Lippen, als sie einen großen Schluck Sekt trank. Ihr kam der Gedanke, dass sie nun endlich die großen braunen Vorhänge gegen schönere Exemplare austauschen könne. Die Alten waren nun wirklich mehr als fadenscheinig und ausgeblichen. Sie trank schnell noch einen Schluck und ihre Wangen röteten sich vor Aufregung. Sie wusste auch noch genau, wo der Stoff mit dem Rosenmuster lag. Den hatte sie in all den Jahren aufgehoben, heimlich passend genäht und hin und wieder gewaschen und gebügelt. Ob er die Jahre überdauert hatte und jetzt endlich die Fenster verschönern könnte? Einen Versuch war es wohl wert.

Sie kramte in ihrer Handtasche und brachte verschiedenste Prospekte zum Vorschein. Da waren die Unterlagen des Bestatters über Särge, Urnen und die unterschiedlichen Trauerfeiern. Hier hatte sie eine Auswahl getroffen. Es wäre sicher in seinem Sinne gewesen, wenn sie so wenig wie möglich für alles ausgeben würde. Sie hatte sich für eine Trauerfeier im allerkleinsten Kreis entschieden. Deshalb brauchte sie auch die anderen Prospekte der Caterer nicht. Eigentlich könnte sie diese direkt hier in den Mülleimer schmeißen. Wahrscheinlich wäre es ebenso im Sinne ihres Gatten gewesen, belegte Brötchen beim Metzger zu bestellen. Seit Jahren kaufte sie dort ihre Wurst ein. Er würde für sie bestimmt gerne die Beerdigungsgäste verköstigen. Wahrscheinlich fiele die Trauergemeinde auch ziemlich klein aus. In den letzten Jahren hatten sie wegen seiner schleichenden, aber schnell fortschreitenden Krankheit, immer weniger Gäste gehabt. Es wollte auch keiner mehr zu ihnen kommen. Alle seine Freunde hatten sich von ihm abgewendet. Eigentlich waren das auch keine wirklichen Freunde gewesen, eher Geschäftspartner. Die hatten an ihm schnell das Interesse verloren, als er immer mehr dahinsiechte. Sie konnte das verstehen. Das war für alle Beteiligten nicht schön gewesen. So schlimm es auch für ihn gewesen sein mag, für sie hatte sein immer kritischer werdende Krankheitszustand auch Vorteile mit sich gebracht. Sie konnte einfach zum Kaffeeklatsch der Landfrauen gehen, ohne dass sie der Gefahr einer Bestrafung ausgesetzt gewesen wäre. Auch am Handarbeitskreis konnte sie viel regelmäßiger teilnehmen und musste keine Sorge haben, dass es zu spät werden würde. Nur zu ihnen nach Hause kam schon lange keiner mehr. Außerdem waren mittlerweile viele Geschäftsfreunde ihres Mannes verstorben, es gab kaum noch jemanden, der bei der Beerdigung trauern würde. Und ihre zwei Söhne waren viel zu früh sehr weit weggegangen. Als sie die Beiden über den Tod des Vaters informierte, hielt sich deren Trauer in Grenzen. Sie konnte es ihnen nicht verdenken, nach allem was in ihrer Kindheit passiert war.

Sie seufzte, blickte in ihr Glas und trank den letzten Schluck Sekt. Der Gedanken, dass sie nun auch die Einladung ihrer Söhne endlich wahrnehmen konnte und an Weihnachten zu Ihnen in die Schweiz fliegen würde, freute sie so sehr, dass sie ein Kribbeln in der Magengegend verspürte. Sie schaute auf das Flugticket, das sie heute im Reisebüro erstanden hatte. Ein weiteres Kribbeln lief durch ihren Körper. Solche Freude hatte sie das letzte Mal empfunden, als er das erste Mal körperlich zusammengebrochen war und nicht mehr aufstehen konnte. Das war der erste Tag seit langer Zeit gewesen, an dem sie sich sicher und ohne Angst im Haus hatte bewegen dürfen. Daraufhin hatte sie das kleine Tütchen mit dem Totenkopf sorgfältig in eine alte Kaffeedose verstaut und im Keller hinter den zwei losen Mauersteinen versteckt. Es wäre ja fatal gewesen, wenn das Gift in die falschen Hände gelangt wäre. Sie erinnerte sich noch genau, wie sie in den folgenden Monaten immer wieder in die unterschiedlichsten Läden gegangen war, um noch mehr kleine Tütchen mit aufgedrucktem Totenkopf zu erstehen. Eigentlich fand sie damals schon, dass dieser Totenkopf irgendwas Nettes an sich hatte. So bedrohlich sah er gar nicht aus. Wenn sie allerdings ihren immer schwächer und kränker werdenden Mann betrachtete, dann wusste sie, dass das dennoch der Fall war.

Sie wurde damals von den netten Verkäuferinnen beraten und darüber informiert, dass der Inhalt des Tütchens für Ratten tödlich sei, welche Mengen es benötigte und dass es außer Reichweite von Kindern aufbewahrt werden müsse. Später, als das Gift nur noch sehr schwer zu bekommen war, da war sie froh gewesen, dass sie so vorausschauend gewesen war und sich frühzeitig mit einem großen Vorrat ausgestattet hatte. Aber das Wichtigste war für sie, ihm regelmäßig ein wenig des Gifts zu verabreichen. Denn dann konnte sie sich ohne Angst und ganz selbstverständlich im Haus bewegen. Das empfand sie als so großes Glück, dass sie einfach nicht hatte widerstehen können. Dass er nach all den Jahren nun daran gestorben war, hatte sie nun wirklich nicht beabsichtigt, aber sie bedauerte es auch nicht. Seine Todesursache wurde seiner allgemein schlechten Gesundheit und seinem Alter zugeschrieben. Sie trank einen Schluck Kaffee und zog das Sparbuch und die Bankunterlagen heraus.

Wieder schaute sie ungläubig auf die große Zahl, die da stand. Der nette Bankangestellte hatte sie gestern in ein großes Büro geführt und ihre Finanzlage erläutert. Sie hatte das Gespräch gesucht, weil sie in Sorge wegen der Bestattungskosten war. Insgeheim hatte sie zwar vermutet, dass etwas Geld vorhanden sein musste, auch wenn sie niemals erfahren hatte, was ihr Mann wirklich in all den Jahren verdient hatte. Sie bekam ja immer nur das Haushaltsgeld, welches sie genau abrechnen musste. Es war schon ein anstrengender Akt gewesen die kleinen Totenkopftütchen zu erstehen, ohne dass er etwas davon merkte. Aber wie gesagt: Im Rechnen war sie unschlagbar gewesen. Da hatte ihr Mann mal etwas Gutes bewirkt! Aber als der nette Mann in der Bank ihr sagte, wie viel Geld wirklich zur Verfügung stand, war sie kurz außer sich gewesen. Nicht, dass der gute Mann davon etwas bemerkt hätte. Aber in ihr brodelten Wut und Freude zu gleichen Teilen. Wut über all die Jahre des Verzichts und Freude über das Ende desselben. Als sie jetzt den letzten Krümel Muffin aß, fiel ihr auch der kleine Schlüssel wieder ein, den sie bei sich trug. Der Mann von der Bank sagte, dass er zu einem der vielen Bankschließfächer gehören würde. Sie hatte auch gleich nachschauen dürfen und der Anblick der vielen Goldbarren hatte sie nicht nur glücklich gemacht, sondern auch überrascht. Sie brauchte sich wirklich keine Sorgen mehr über Geld machen. Das war für sie zwar neu, aber ein wirklich sehr großes Glück. Das Rechnen konnte sie in Zukunft wohl einstellen. Sie kuschelte sich ins Sofa und fühlte in sich eine Welle des vollkommenen Glücks aufsteigen. Eine Seligkeit, die völlige Ruhe auslöste.

Und dann stand die nette Besitzerin des Cafés vor ihr und fragte, ob sie noch etwas essen oder trinken wolle, was sie verneinte. Allerdings bat sie die nette Frau darum, ihr einen von den schönen Stoffbeuteln zu verkaufen, auf denen bunte Werbung für das Café gedruckt war. In diesen Beutel verstaute sie sofort alles, was sich in ihrer Handtasche befunden hatte. Als sie mit einem großzügigen Trinkgeld bezahlte, bat sie die Besitzerin darum ihre Handtasche und den Mantel zu entsorgen. Die Überraschung war der Besitzerin deutlich anzusehen, als sie irritiert fragte: «Aber es ist doch sehr kalt draußen, sie werden sich erkälten. Da wird es nicht viel helfen, wenn sie sich in ihr Wolltuch wickeln.» Die alte Dame antwortete: «Ach, es wird Zeit für etwas anderes. Ich kann diesen Mantel und diese Handtasche einfach nicht mehr ertragen. Machen sie sich keine Sorgen im nächsten Geschäft werde ich mir etwas Neues gönnen.» Die Besitzerin schaute der alten Dame zu, wie diese sich langsam aber lächelnd vom Sofa erhob.

An der Tür drehte sie sich um und winkte der Besitzerin zu. Dann verließ sie das Café. Die Besitzerin schaute auf die Handtasche und den Mantel der alten Dame und verstand

sehr gut, dass sie mit den alten, ver-
schlissenen und muffigen Dingern nichts
mehr zu tun haben wollte. Als sie beides im
Container hinter dem Haus entsorgt hatte,
wusch sie sich ausgiebig die Finger. Dann
wandte sie sich ihrem neuen Gast zu, der
gerade ihr Café betreten hatte.

Kapitel 2: Unsicher

Es hätte nicht viel gefehlt und die alte Dame und er wären zusammengestoßen. Als er gerade durch die Tür in das Café gelangen wollte, stand sie plötzlich vor ihm. Sie war geradewegs auf dem Weg in die Kälte, die er versuchte hinter sich zu lassen. Ihre Blicke trafen sich kurz, bevor die Tür hinter ihm ins Schloss fiel. Da stand er nun. Im Warmen des Cafés und wusste mal wieder nicht wohin. Er schaute sich langsam um, aber augenscheinlich war die alte Dame die einzige Besucherin des Cafés gewesen. Ein kurzes Zögern, dann wandte er sich dem roten Sofa zu. Als es direkt vor ihm stand, betrachtete er es. Wirklich wahrnehmen konnte er es nicht. In seinem Kopf spukten wieder unkontrollierbare Gedanken herum, die das Sehen der Realität verhinderten. Als er sich setzte, war er zumindest ein wenig erleichtert. Er hatte einen guten Platz für sich gefunden und würde sich, für die Zeit die er im Café verbrachte, nicht ganz so verloren wie sonst vorkommen. Das rote Sofa war für ihn der beste Platz im Café.

Es war zwar nicht so, dass die Plätze an den Tischen schlechter gewesen wären, er war ja schließlich kein Spinner, aber vom Sofa hatte er den besten Überblick. Das war für ihn sehr wichtig.

Er beobachtete, wie die Bedienung sich in die Richtung seines Tisches bewegte und er bestellte bei ihr einen Latte Macchiato. Er hätte auch jedes andere Getränk bestellen können. Es war ihm egal, was er trank. Latte Macchiato war ein Getränk wie jedes andere auch. Die meisten Menschen in seinem Umfeld bestellten es momentan. Aber ob *er* es mochte? Das wusste er nicht, darüber hätte er vielleicht mal nachdenken können. Voraussetzung dafür wäre die Bereitschaft gewesen sich mit den eigenen Vorlieben auseinanderzusetzen. Die hatte er aber nicht, die Bereitschaft. Es war ihm egal, was er mochte oder nicht mochte.

Während er auf seine Uhr schaute, betraten gleich mehrere Gäste das Café und besetzten einige der freien Tische. Beim Herein-kommen redeten sie, es wurde gelacht und sofort war es mit der Stille vorbei. Lästig war ihm das. Sehr sogar. Ärger machte sich in ihm breit. Wie gern wäre er noch ein wenig allein in diesem Café geblieben und hätte die Ruhe exklusiv für sich in Anspruch genommen. Niemand da, der ihn beobachten konnte. Kein Mensch, bei dem er sich fragen musste, was dieser von ihm denken mochte. Damit war es jetzt vorbei. Er starrte auf den Tisch und seufzte kaum merklich, aber dafür nicht minder traurig. Wie er das alles verabscheute. Menschen und den Lärm, den sie verursachten. In diesem Moment wurde ihm seine Bestellung auf den Tisch gestellt. Ohne etwas zu sagen, drehte sich die Bedienung um und steuerte auf ihre neuen Gäste zu. Während er an dem Milchschaum nippte, lehnte er sich zurück. Ein Blick auf die Uhr verriet ihm, dass ihm nur noch zwanzig Minuten blieben. Der Weg ins Büro würde auch heute unumgänglich bleiben. Seine Sekretärin hatte er informiert, dass er an diesem Tag eine Stunde später käme. Aber sein Arzttermin war wieder einmal schneller vorbei gewesen, als er sich vorgestellt hatte. Der Doktor war wie immer zu schnell für ihn gewesen. Tabletten verschreiben dauerte nun mal keine Ewigkeit. Und jetzt saß er auf dem roten Sofa, weil er nicht zu früh im Büro erscheinen wollte. Wer weiß, was alle dann wieder von ihm denken würden? Das wollte er sich lieber nicht vorstellen. Allein die Überlegung, was im Kopf seiner Sekretärin über ihn für Gedanken herumschwirrten, verursachte bei ihm Beklemmungen. Dabei wollte er doch immer nur alles gut und richtig machen. Integer sein und so zuverlässig wie möglich erscheinen. Deshalb wartete er jetzt im Café. Er würde erst zu dem Zeitpunkt im Büro erscheinen, den er seiner Sekretärin gestern genannt hatte. Wenn er gesagt hatte, er käme eine Stunde später, dann würde er sich daran halten und keinesfalls früher erscheinen. Schließlich war er zu hundert Prozent zuverlässig.

In seinem Kopf tauchten die Bilder vom Morgen wieder auf. In Gedanken sah er seinen Arzt vor sich sitzen. Dieser hatte beim Anblick seines Patienten einen Stift in die Hand genommen und sofort die üblichen Tabletten auf den Rezeptblock geschrieben. Er hatte stumm daneben gesessen und zugesehen wie der Arzt schrieb. Dabei tobten in seinem Kopf so viele Fragen. Aber wieder einmal kam es nicht dazu, dass er sie stellte. Sein Kopf war zu klein für alle seine Fragen. Während er immer noch mühsam nach den richtigen Wörtern suchte, war das Rezept fertig. Es blieb keine Zeit für ihn und seine Fragen. Die Zeit, die er gebraucht hätte seine Wörter und Sätze über die Lippen zu bekommen. Alles was in seinem Kopf war, wollte einfach nicht heraus. Aber auch das war für ihn nichts Neues. Sein Arzt schaute ihn an, wartete geduldig und ermunterte ihn sich zu äußern. Jedes Mal vergeblich. So fand er sich auch heute ganz schnell auf der Straße vor der Praxis wieder. Ohne dass er auch nur eine seiner vielen Fragen hätte formulieren können. Was aus ihm werden solle, hatte er nicht fragen können. Nur wie lange er diese Pillen noch nehmen müsse. Daraufhin hatte der Arzt ein wenig gelächelt und ihn lange über seinen Brillenrand hinweg gemustert. Seine Antwort war beunruhigend. Lange könne er die Tabletten nicht mehr verschreiben, denn aus seiner Sicht ginge es so nicht weiter. Es wäre womöglich über eine stationäre Unterbringung nachzudenken. Was das für ein Schock für ihn gewesen war. Niemals würde er in eine Klinik gehen! Entsetzt war er aufgesprungen und bevor der Arzt ihn hatte zurückhalten können, war er gegangen. Förmlich gesprintet war er aus der Praxis. Allein die Erinnerung an die Worte seines Arztes lösten Magenkrämpfe aus. Der Schweiß trat auf seine Stirn und er fragte sich: Wieso sollte er denn in ein Krankenhaus gehen? Das war doch völlig unangebracht und machte gar keinen Sinn. Er würde sich nach einem anderen Arzt umschauen müssen. Und wenn der ihm seine Pillen nicht verschreiben würde? Darüber sollte er vielleicht bei Gelegenheit in einer seiner vielen schlaflosen Nächte mal nachdenken. Aber wahrscheinlich würde dennoch die Frage ohne Antwort bleiben, so wie das Denken in seinen schlaflosen Nächten zumeist ergebnislos blieb. Daran gewöhnt hatte er sich noch nicht. Obwohl er es doch schon so viele Jahre übte: Das Wachbleiben in schlaflosen Nächten.

Er schaute verstohlen in seine Apothekentüte, die er neben sich auf das Sofa gestellt hatte. Da waren sie wieder, seine zwei Päckchen. Eins zum Schlafen und das andere Päckchen, um den Tag besser überstehen zu können. Seine Tages- und Nachtretter. So hatte er sie am Anfang genannt. Leider hatte sich das Gefühl der Rettung nicht wirklich einstellen wollen. Auch nach all den Jahren nicht. Eigentlich ging es ihm schlechter denn je. *Das* hätte er dem Arzt ja zu gerne gesagt, wenn er es nur gekonnt hätte. Aber seine Sätze blieben im entscheidenden Moment in seinem Mund stecken und konnten nicht heraus. Auch nicht, wenn er zu Hause alleine vor seinem Spiegel übte. Es gab Wörter, Sätze, Geschichten, die seinen Körper nicht verlassen konnten. So war es nun mal. So war es schon immer gewesen. Und im Grunde war das wahrscheinlich gut so. Wer wollte schon hören, wie es in ihm aussah?

Er schaute sich im Café um und seine Gedanken machten sich von alleine auf die Reise ohne Ziel. Das taten sie oft und wenn sie erstmal unterwegs waren, gab es kein Aufhalten mehr. Er nahm es hin und versuchte gar nicht sie zurück zu halten. Es wäre zwecklos gewesen. Seine Gedanken waren eine Tüte Mücken. Wie wollte man die vom Ausschwärmen abhalten? Da bliebe nur die Fliegenklatsche. Für seinen Gedankenschwarm schied diese Variante jedoch aus, was er mehr als bedauerte.

Natürlich wusste er, wann das alles angefangen hatte. Auch wenn es jetzt schon einige Jahre her war. Vor ihrem Tod war er anders gewesen. Sicherlich hatte er noch nie zu den Glückspilzen des Lebens gehört, aber es hatte eine Zukunft für ihn gegeben. Es kam alles anders. Er dachte daran, wie alles angefangen hatte. Obwohl er es immer und immer wieder in seinem Kopf abgespult hatte, der Schmerz wollte einfach nicht verblassen.

Er seufzte. Die Zeit heilte vielleicht bei allen anderen die Wunden, bei ihm tat sie das nicht.

Bald war es neun Jahre her. Er hatte gerade seine Ausbildungsstelle als Industriekaufmann angefangen, da hatte er sie kennen gelernt. Sie war die erste Frau, in die er sich verliebte. Was waren sie damals jung gewesen. Verliebt bis über beide Ohren. Das Glück war plötzlich allgegenwärtig. Beim Erwachen, beim Abwaschen, beim Telefonieren. Das Glück wurde sein ständiger Begleiter und er dachte, dass es für immer so bliebe. Mit dieser Frau an seiner Seite, hatte das Glück ihn erreicht, das spürte er. *Für immer* war jedoch so schnell vorbei, dass er bis heute nicht wusste, wie er das in seinem Kopf unterbringen sollte. Auch neun Jahre später hinkte er den Ereignissen hinterher. So plötzlich, wie sie in sein Leben gerauscht war, so schnell war sie wieder verschwunden. Er wusste noch genau, wie sie gelächelt hatte, als er sie das erste Mal in der Bäckerei getroffen hatte. Brötchen hatte er zum Frühstück kaufen wollen. In der Bäckerei hatte er nicht nur Brötchen, sondern die Frau seines Lebens gefunden. Wie hätte er das erahnen können? Da stand die schönste Frau der Welt vor ihm und wollte ihm sein

Frühstück verkaufen und er hatte plötzlich nicht mehr gewusst, was er essen wollte. Er wollte nur noch sie. Sie wurden ein Paar und erlebten die wunderschönsten Wochen ihres Lebens. Und dann wurde sie so schnell wieder aus seinem Leben gerissen, dass er es bis heute nicht wirklich verstanden hatte. Es passierte bei einem Autounfall, einfach so. Das Auto brannte aus und alles was von ihr übrig blieb, hatte nichts mehr mit der Frau zu tun, die er so sehr geliebt hatte. Dann war die Hölle über ihn hereingebrochen und bis heute war sie noch immer nicht ganz gegangen. Mit den Jahren war er zu der Erkenntnis gelangt, dass das auch immer so bleiben würde. Er konnte sich kaum an die Zeit direkt nach ihrem Tod erinnern. Es kam ihm vor, als wäre er damals in Watte gehüllt worden. Nichts drang bis zu ihm durch. Auch etwas, was sich bis heute nicht geändert hatte. Er lebte nach wie vor in seiner Wattekugel und konnte nicht am wirklichen Leben teilnehmen. Bei allem war er außen vor. Ein Beobachter, der hinter der Fensterscheibe den anderen beim Leben zuschaute.

In den zurückliegenden Jahren hatte er peinlich berührt immer wieder versucht sein wahres Gesicht und sein Leiden vor der Welt zu verbergen. Schon an seinem zwanzigsten Geburtstag ahnte er, dass dies schwierig sein würde durchzuhalten. Das war nun schon einige Jahre her, aber noch immer wollte er niemanden sehen lassen, wie schlimm es um sein Innerstes bestellt war und wie klein und schwach er war. Er lebte mit der Gewissheit, dass es der Anfang vom Ende sein würde, wenn ihn jemand *wirklich* erkennen würde. Soweit durfte er es auf keinen Fall kommen lassen. Deshalb hatte er an seinem Geburtstag eine große Feier veranstaltet. Obwohl es nach ihrem Tod wirklich nichts für ihn zum Feiern gegeben hatte. Aber er hatte damals geglaubt es so machen zu müssen. Und er wollte nicht auffallen, denn wenn er eins hasste, dann war es das. Seine Kollegen, die wenigen Freunde und seine Familie hatte er eingeladen. Ein kleiner Saal wurde gemietet, das Essen bestellt und alles so eingerichtet, dass er glaubte die Erwartungen aller Anwesenden erfüllen zu können. Nur seine eigenen Erwartungen ignorierte er dabei völlig. Irgendwann, zu fortgeschrittener Stunde, stand er dann mit einigen seiner Kollegen (die Sorte Mensch, zu denen er schon immer hatte gehören wollen. Die Coolen, die auf alles eine perfekte Antwort hatten, die immer mit guten Witzen parierten und die natürlich ihre

Freundinnen oder Frauen im Arm hielten) zusammen. Er wusste nicht, wie es passiert war, aber das Gespräch kam auf einen der älteren Kollegen. Dieser Mann hatte den Tod seiner Frau nie verwunden und konnte nur mit Hilfe von Tabletten seiner Arbeit nachgehen. Noch heute schämte er sich, dass er sich am lautesten von allen über die Schwäche des Mannes lustig gemacht hatte. Es fielen Begriffe wie bekloppt, irre und absolut lebensunfähig. Waren das nicht seine Worte gewesen? «Der soll endlich mal zum Arzt gehen und sich was verschreiben lassen. Dann kann er endlich wieder mal anpacken und muss nicht als Trauerkloß umherirren!» Bei der Erinnerung an seine Gemeinheiten schluckte er schwer. Eigentlich war er der Trauerkloß, aber das ahnte keiner. Schließlich wusste keiner seiner Kollegen, dass er überhaupt eine Freundin gehabt hatte, geschweige denn von ihrem Tod. Und er musste vorsichtig sein und sein Gesicht wahren, denn er fühlte sich im Büro immer beobachtet. Er bildete sich ein, dass alle schauten, was er tat und wie er sich gab. Vor allem diese eine ältere Kollegin, die keiner leiden konnte, schaute immer genau was er machte. Sie beobachtete ihn, das wusste er. Bestimmt wartete sie darauf, dass er einen Fehler machte. Er hasste sie dafür.

Als wäre sein Leben nicht schon schwer genug. Sie war schrullig und er fühlte sich permanent unwohl in ihrer Nähe. Aber wessen Nähe mochte er schon?

Er fühlte sich zwar mies so gemein über den Kollegen zu reden, aber er musste auch an sich denken. Das war die beste Strategie selbst nicht aufzufallen und sich aus der Schusslinie zu halten. Damals hatte er sich geschworen niemanden von seinen Pillen zu erzählen. Keinesfalls wollte er zum Gesprächsstoff der anderen werden. Er wollte einfach nur dazu gehören und allen Ansprüchen gerecht werden. Und der Schmerz sollte endlich vergehen. Aber er war geblieben, als eine Konstante in seinem Leben. Alle Pillen hatten seinem Schmerz nichts anhaben können. Er hatte überdauert. In einem finsteren Loch.

Dabei war es rein beruflich in den letzten Jahren gar nicht so schlecht für ihn gelaufen. Langsam aber stetig war er die Karriereleiter voran geklettert. Er war zwar dafür bekannt, dass er immer lange für das Finden einer Lösung brauchte, wenn er sie aber gefunden hatte, war sie wirklich gut. Er wusste das. Seine Lösungen waren sogar noch viel besser, als seine Mitmenschen ahnten. Hatte er sie gefunden, dann war sie nicht nur auf thematischer Ebene perfekt, sondern entsprach auch noch dem Zeitgeist. So nannte er das, wenn er seiner Umwelt gefallen wollte. Er wollte den Ansprüchen genügen. In jedem Fall, zu hundert Prozent! Deshalb dauerte es auch immer seine Zeit, bis er eine adäquate Lösung präsentieren konnte. Sie musste doppelt und dreifach passen, das war eine große Herausforderung. Aber bis jetzt hatte er sie immer gemeistert. Da war er stolz drauf. Es kostete ihn mittlerweile jedoch viel mehr Kraft, als er hatte. Immer schwerer wurde es für ihn, sich nach außen perfekt zu präsentieren, wo er innerlich immer mehr einem Wrack glich. Wenn er abends nach Hause kam, fühlte es sich in ihm so leer an und seine Wohnung war der einzige Rückzugsort, an dem er so sein konnte, wie er sich fühlte: Allein, klein, einsam, verlassen und trostlos. Er hasste sich selbst für seine Schwäche. Niemand durfte ihn so sehen. Er lebte schon so lange allein. Alles andere wäre unerträglich gewesen.

Er nippte an seinem Latte Macchiato und versuchte herauszubekommen, ob ihm das Getränk nun schmeckte oder nicht. Er hatte keine Ahnung, woher auch? Aber er wusste so vieles nicht. Welche Farben er mochte, was er gerne aß… . Er aß eben das, was die anderen auch aßen. Warum sollte das wichtig sein? Er hatte keine Vorlieben und seine herumschwirrenden ziellosen Gedanken ließen keinen freien Raum für eine wirkliche Auseinandersetzung mit dem Thema *Farben*. Wen sollte das interessieren? Ihn sicher nicht. Er wollte nicht über sich nachdenken. Was wäre, wenn er nur Verabscheuungswürdiges fände? Das Risiko war erheblich und viel zu groß.

Als er sich nun im Café umschaute, blieb sein Blick an der Bedienung hängen. Er war schon einige Male hier gewesen. Die Frage, was diese Frau von ihm hielt, stellte er sich nicht zum ersten Mal. Das war die Frage, die sein Kopf immer wieder in den unterschiedlichsten Situationen ungefragt auf die Reise schickte: *Was wohl die anderen über mich denken*? Originell war das nicht, aber er konnte nicht anders. So wie jetzt gerade, als er sein Spiegelbild betrachten musste. Beim letzten Besuch des Cafés hatte er schon bedauert, dass neben dem roten Sofa dieser große Wandspiegel montiert war. Er hasste sein Spiegelbild. Seine ganze Erscheinung empfand er einfach als widerwärtig. Er war durchschnittlich groß, hatte zu dunkle Augenringe, kaum Haare. Die Wenigen, die ihm geblieben waren, wurden viel zu schnell grau. Warum musste er mit fast dreißig schon so viele Haare verlieren und dann auch noch grau werden? Er war übergewichtig und er hasste es. Er hasste sich und seinen Anblick konnte er selbst kaum ertragen. Er verabscheute sich auch dafür, dass er nachts nicht schlafen konnte und dass er immer wieder zu viele Süßigkeiten essen musste. Er war einfach eine Zumutung und unerträglich.

Verstohlen schaute er in seine Tüte. Ob er jetzt vielleicht schon eine Tablette nehmen könnte? Obwohl es vielleicht doch noch etwas zu früh dafür war. Die Versuchung war groß, aber was würden die anderen Gäste denken, wenn sie ihn dabei beobachteten? Sie hielten ihn sicher jetzt schon für krank, wie er hier saß und immer wieder in seine Tüte starrte und dabei seinen Latte Macchiato kalt werden ließ. Verstohlen schaute er sich um und stellte fest, dass keiner auf ihn achtete. Warum sollte das auch jemand tun? Er selbst beachtete sich ja auch so selten wie möglich. Dann konnte er sich besser aushalten. Und ansehen würde er sich auch nicht wollen. Also warum sollten die Menschen in seiner Umgebung sich mit seinem Anblick belasten? Er rutschte unruhig auf dem Sofa hin und her. Wenn er sich ganz schnell beeilte, könnte er sich vielleicht unbemerkt eine Tablette aus der Packung nehmen. Er beobachtete sich selbst, wie seine Hand in die Tüte glitt. Als er kurz aufschaute, traf sein Blick den der Bedienung. Sie lächelte ihn an, was ihn in seiner Bewegung erstarren ließ und dazu veranlasste die Hand mit einer Packung Tempotaschentücher aus der Tüte herauszuziehen. Geräuschvoll putzte er sich die Nase. Gut, dass der Apotheker die Taschentücher als Werbegeschenk dazu gelegt hatte. Allerdings glaubte er nicht, dass die Dame hinter dem Tresen ihm das Ablenkungsmanöver abkaufte. Er hatte es in ihrem Blick gesehen. Sie wusste es. Sie wusste, dass er nicht ganz richtig im Kopf war und dass er den Tag nur mit Tabletten überstehen konnte. Dass er überhaupt nur einige Stunden Schlaf fand, wenn er die anderen Pillen schluckte. Es war ein ständiges Auf und Ab. Wie lange er das wohl noch durchhalten konnte? Immer noch hatte er das benutzte Taschentuch in der Hand und keine Pille geschluckt. Er brachte nicht den Mut auf eine Pille aus der Tüte zu nehmen, sie in den Mund zu stecken und einfach herunter zu schlucken.

Dabei wusste er genau, dass das der einfachste Weg war, um endlich wieder etwas klarer im Kopf zu werden. Wenigstens für einige Stunden.

Er trank den letzten Schluck seines Latte Macchiatos aus. Der war mittlerweile sehr kalt. Draußen sah er das kalte triste Novemberwetter und fragte sich, ob er nicht lieber wieder nach Hause gehen sollte. Aber nein, was nützte ihm das? Da war er mit seinen Gedanken allein. Nur kurz kam ihm die Erinnerung an eine kleine Zeit der Hoffnung nach dem Tod seiner großen Liebe in den Sinn. Damals hatte er für kurze Zeit gehofft, dass ihn vielleicht doch ein normales Leben erwartete. Er hatte eine zweite Chance bekommen und verliebte sich. Nicht so gewaltig wie beim ersten Mal, aber es gab in dieser Zeit Momente, in denen er sich an das Gefühl des Glücks erinnern konnte. Natürlich wusste seine Freundin nichts von seinen Schwierigkeiten. Sie liebte ihn so sehr, dass sie das alles nicht sehen wollte. Für eine kurze Zeit waren sie zusammen glücklich. Sie war so glücklich und verliebt in ihn, dass sie sogar mit ihm zusammen ziehen wollte. Sie hatte Pläne gemacht. Mit ihm gedanklich schon eine neue Wohnung eingerichtet. Ein Neuanfang mit ihm. Das alles war logisch, aus ihrer Sicht. Seine Zweizimmerwohnung war auf Dauer für zwei Personen zu klein. Was hätte er dagegen sagen sollen? Wie sollte er ihr erklären, dass er keinesfalls ausziehen konnte. Schließlich hatte er in seiner Wohnung die Zeit mit der Frau gehabt, die ihm dann so brutal genommen wurde. Er konnte einfach nicht weg. Auszuziehen wäre ein Verrat an ihr gewesen. Diese Wohnung war das Letzte, was ihm an wirklicher Erinnerung von seiner ersten Liebe geblieben war. Aber wie sollte er das seiner neuen Freundin erklären? Das ging nicht, sie wusste ja nicht einmal von seiner ersten großen Liebe. Nichts von dem Schmerz, den ihm ihr Verlust zugefügt hatte. Wo hätte er denn anfangen sollen zu er-zählen? Er hatte versucht ihr die Idee des Zusammenziehens auszureden. Nichts hatte er unversucht gelassen. Vergeblich. Sie hatte alle seine Argumente lächelnd und lachend abgeschmettert:

Er: «Die gute Lage!»
Sie: «Es gibt auch größere Wohnungen in guter Lage!»
Er: «Die vielen großen Fenster nach Süden!»
Sie: «Es gibt auch andere helle Wohnungen!»
Er: «Die Wohnung ist doch so günstig!»
Sie: «Schnucki, große Wohnungen sind im

Verhältnis viel günstiger und wir beide verdienen doch wirklich mehr als genug!»

Was er auch versuchte, es gestaltete sich unmöglich, sie von der Idee der gemeinsamen Wohnung abzubringen. Sie war vom Gedanken besessen mit ihm gemeinsam in eine größere Wohnung zu ziehen. Nie wird er ihren traurigen Blick vergessen, ihre verweinten Augen, als er sich von ihr trennte. Für ihn brach damals eine furchtbare Zeit an. Ihr Verlust schmerzte ihn zwar, aber die Erleichterung überwog. Als sie aus seinem Leben verschwand, fiel eine große Last von ihm. Er musste sich endlich nicht mehr verstellen. Erst in diesem Augenblick wurde ihm bewusst, wie anstrengend das Leben mit ihr gewesen war. Nach der Arbeit hatte er Bedürfnisse erfüllen müssen, die nicht die seinen waren. Immer hatte er sich verstellen müssen, das war nun nicht mehr nötig. Diese Erkenntnis war niederschmetternd gewesen. Er hatte den einzigen Menschen, der ihn liebte, vor den Kopf gestoßen und alles was er empfand war Erleichterung. Was war er nur für ein Mensch? Er fühlte sich schlecht und wollte sich seiner Umwelt nicht mehr zumuten. Seine Schuldgefühle wurden täglich größer und das hatte bis heute nicht aufgehört. Mehrere Monate hatte er in seiner Wohnung gelitten. Er hatte so gerne sterben wollen, aber selbst dazu war er zu feige.

Ein Blick auf die Uhr ließ ihn hoch schrecken. Wie konnte es sein, dass er eine Stunde hier gesessen hatte? Er hätte doch längst im Büro sein müssen. Schnell holte er sein Handy aus der Jackentasche. Natürlich, er hatte es beim Arzt leise gestellt und später vergessen den Ton anzustellen. Seine Sekretärin hatte schon mehrfach versucht ihn zu erreichen. Schon wieder war ihm das Zeitgefühl verloren gegangen, wie so oft in letzter Zeit. Schnell hob er die Hand und bestellte ein Glas Wasser bei der Bedienung. Mit zitternden Händen holte er nun doch schnell eine Pille aus der Packung. Es gelang ihm sie schnell in der Hand zu verstecken, als die Bedienung das Glas mit dem Wasser an seinen Tisch brachte. Die Beschriftung der Packung hatte sie nicht lesen können. In ihm krampfte sich alles zusammen. Er ging die Möglichkeiten durch, die er seiner Sekretärin gegenüber als Ausrede benutzen konnte. Es durfte nichts Banales sein, aber auch nichts, was sein Umfeld beunruhigen könnte. Am besten war eine Ausrede, die nicht mit seinem Gesundheitszustand in Verbindung gebracht werden konnte. Auf keinen Fall!

Niemand sollte auf die Idee kommen, dass er krank oder schwach war. Es reichte, dass er sich so fühlte. Aber diesen unliebsamen Termin mit der seltsamen älteren Kollegin am Nachmittag, würde er noch absagen. Keine Minute länger als notwendig bliebe er heute unter Menschen.

Er schaute in das Glas Wasser und bezahlte mit einem angemessenen Trinkgeld. Als die Bedienung sich umdrehte, um zurück zum Tresen zu gehen, schluckte er schnell die Tablette. Er leerte das Wasserglas mit einem Zug und wartete mit geschlossenen Augen. Leise zählte er bis zwanzig. Dann öffnete er die Augen und hatte das Gefühl, dass er diesen Tag vielleicht doch irgendwie überstehen könnte. Er erhob sich schwer vom Sofa und versuchte dabei nicht in den Spiegel zu schauen. Bis er im Büro ankäme, würde er sich sicher etwas besser fühlen. Ein wenig so wie das Bild, das alle von ihm haben sollten.

Als er durch die Tür zurück auf die Straße ging, hielt er in der einen Hand die Tüte mit den Tabletten und in der anderen das Handy, um seine Mailbox abzuhören. Gerade war er in der Kälte vor dem Café angelangt, als er mit zwei Frauen zusammenstieß. Beide waren laut kichernd in ihr Gespräch vertieft, sie hatten ihn einfach übersehen. Beim Zusammenstoß fiel seine Apothekentüte herunter und beide Päckchen landeten auf der Straße. Betroffen schaute er auf seine Pillen. Es war deutlich zu erkennen, was das für Tabletten waren. Er betrachtete die Aufschrift und fühlte sich schwächer denn je. Die eine Frau schaute ihn lächelnd an. Sie kicherte noch immer und entschuldigte sich bei ihm. Dann bückte sie sich und schob beide Päckchen wieder in die Tüte. Lächelnd hielt sie ihm die Tüte entgegen. Seine Gesichtsfarbe hatte vor Wut einen dunklen Rotton angenommen. Die Tüte entriss er ihr, ohne ein Wort zu sagen. Er hasste sich zwar dafür, aber wen oder was hasste er nicht? Dann flüchtete er die Straße herunter. Bemüht möglichst schnell sehr viel Abstand zwischen sich und die zwei Frauen zu bringen.

Kapitel 3: Freundinnen

Beide Frauen schauten ratlos hinter dem Mann her, der gerade nur wegen einer heruntergefallenen Tüte vor Wut rot angelaufen war. Die zwei Freundinnen waren kurz sprachlos. Die eine zuckte mit den Schultern und sagte:

«Verstehe einer die Männer!» Die andere nickte und fügte hinzu: «Da soll noch mal einer sagen wir Frauen seien kompliziert, aufbrausend oder launisch! Dabei sah der so nett aus». Ihre Freundin nickte heftig und antwortete: «Echt nett. Aber wenn er jetzt noch ein Lächeln übrig gehabt hätte statt dieser finsteren Miene… ein Lächeln würde ihn geradezu attraktiv machen, oder?» Ihre Freundin verzog abschätzend das Gesicht und antwortete: «Wer weiß, vielleicht hat er ja Sorgen». Dann betraten die zwei Frauen einvernehmlich das Café. Ihr rotes Sofa war frei. Wie schön! An manchen Tagen hatte man einfach Glück.

Die Bedienung hatte sich gerade mit einem Tee an den Tresen gesetzt, als die zwei Frauen herein kamen. Sie kannte die beiden, sie kamen regelmäßig. Meistens zusammen. Die eine war groß und hatte blonde Locken.

Ihre Freundin war ebenfalls blond, aber kleiner. Und von Locken fehlte jede Spur. Die langen glatten Haare reichten ihr bis zur Taille. Für alle ihre immer wiederkehrenden Kunden hatte die Besitzerin Spitznamen. Wenn sie es recht überlegte, machte sie das bei allen Menschen so, die sie nicht kannte, denen sie aber immer wieder über den Weg lief. Jeder wurde unter einem anderen Namen abgespeichert. Aber es waren immer Namen, die etwas mit der Person zu tun hatten. Zum Beispiel gab es da diesen Mann, der meistens seinen Pudel mit ins Café brachte. Das war für sie immer nur „der Pudel". Selbst wenn das Tier mal zu Hause geblieben war. Dann gab es in dem Lebensmittelladen gegenüber auf der anderen Straßenseite eine Frau, die ihr immer die Gerbera fürs Café verkaufte. Diese nannte sie in Gedanken stets „flowerpower". Genauso hatte sie den beiden Freundinnen, die sich mittlerweile auf das rote Sofa gesetzt hatten, die Namen „Locke" und „Kleine" gegeben. Ihrer Ansicht nach war das mehr als passend. Manchmal fragte sie sich, was sie sich selbst wohl für einen Namen gegeben hätte, würde sie sich nicht kennen. Sommersprosse? Die Rote? Fuchs? Es wollte ihr einfach nichts wirklich Passendes einfallen. Aber jemand, der sie weniger gut kennen würde, fiele sicher etwas ein. Auch so etwas, was sie nie erfahren würde. Glücklicherweise gab es Wichtigeres im Leben. Mit diesem Gedanken drehte sie sich auf dem Absatz um und machte sich lächelnd auf den Weg zu ihren neuen Gästen.

Die zwei Frauen waren schon ins Gespräch vertieft, als sie nach den Wünschen der beiden fragte. Was eigentlich überflüssig war, aber der Höflichkeit halber doch gefragt werden musste. Sie konnte sich, ohne die Antwort abgewartet zu haben, denken, was beide bestellen würden. Bestimmt einen großen Kaffee für die Kleine und einen Kakao mit Sahne für die Locke. Ebenfalls noch zwei Gläser Wasser dazu. Genau so war es dann auch. Ihr Gedächtnis war eben nicht zu schlagen. Sie konnte sich die Wünsche ihrer Gäste einfach merken. Das nächste Mal würde sie ungefragt raten und gar nicht abwarten, bis die beiden bestellten.

Als die Getränke gebracht worden waren und die Bedienung sich ihrem eigenen Tee widmete, strich sich die eine Frau die Locken aus der Stirn und sagte zu ihrer Freundin: «Was mache ich denn jetzt? Nicht nur, dass er sich sowieso nie um unsere Jungs kümmert, muss er denn nun auch noch überall den Eindruck erwecken, dass er der Über-Papa schlechthin ist? Dabei: Wer hat den 4. Geburtstag seines Sohns vergessen? Wer hat den Urlaub nach Spanien ohne uns gemacht?» Wütend schlug sie auf den Tisch. Die Kleine versuchte zu beschwichtigen: «Ich weiß ja, dass dein Jens sich oft wie der letzte Mensch verhält, aber das war doch noch nie anders. Warum sollte sich das denn in den letzten Jahren geändert haben? Die Frage ist doch, wie du ihn aus deinem Leben bekommst. Und dass möglichst so, dass die Kleinen keinen Schaden nehmen. Ich glaube übrigens, dass der Schaden, den sie bekämen, wenn du mit ihm an deiner Seite den Rest des Lebens verbringen würdest, größer wäre. Ein richtiger „Vater“ wird er wohl auch nicht mehr werden. Der würde sich um seine Kinder sorgen. Und mit Sorgen meine ich wirklich umsorgen. Davon ist Jens weit entfernt, wenn du mich fragst. Der umsorgt an erster Stelle sich selbst, dieser…» Anstatt das Schimpfwort auszusprechen, schaffte sie es gerade noch, es mit einem Schluck Wasser herunter zu spülen.

«Ich weiß ja, dass du Recht hast. Er ist wie er ist und so wird er auch immer bleiben», die Locke löffelte etwas Sahne aus der Tasse und steckte sich den Löffel genüsslich in den

Mund. Dann sagte sie: «Wenn das so weiter geht, werde ich noch platzen. Sahne, Schokolade und Gummibärchen, das sind meine Tröster am Abend. Als wäre die Wut damit herunterzuschlucken.» Die Kleine nickte und antwortete: «Ich weiß zwar, was du meinst, aber bei mir ist es anders. Ich esse gar nicht mehr – naja, nur noch das Nötigste. Wenn ich gewusst hätte, das Rüdiger gar nicht DER Rüdiger ist, den ich dachte zu kennen. Ehrlich: Da wäre ich wirklich lieber allein geblieben. Und jetzt kann ich sehen, wie ich das alles hinter mir lasse. Unglaublich, wie Menschen sich verstellen können.»

Beide nickten und schauten sich ratlos an. «Sag mal, findest du eigentlich, dass Idiot das richtige Wort für Rüdiger ist?», fragte die Locke ihre Freundin. Diese antwortete prompt: «Nee, eigentlich ist das viel zu harmlos. Für das, was der sich alles geleistet hat, gibt's überhaupt keine Worte.» Beide hielten kurz inne. Dann blitzte es im Gesicht der Kleinen kurz auf und sie sagte: «Doch. Da gibt es genügend Ausdrücke, ganz viele!»

Sie wendete sich ihrer Freundin zu und sagte: «Wie wäre es mit Arschloch?» Ihre Freundin grinste und antwortete: „Viel zu nett. Passt auch nicht wirklich. Ich bin für Vollpfosten!"

«Drecksack!»

«Arschgeige!»

«Wichser!»

«Pissnelke?!»

«Freak!»

«Dummdödel!»

«Hohlstrumpf!»

«Dumpfbacke!»

«Minderbemitteltes Rindvieh!»

«Hohlbirne!»

«Nerd!»

«Arschgesicht!»

«Pisser!»

«Luftkotlett!»

«Dünnbrettbohrer!»

«Ich finde Freak passt am besten zu deinem Jens», sagte die Kleine zur Locke und beide lachten. Auch wenn es nichts an der verfahrenen Situation änderte, beide waren sich einig: Es war schon hilfreich, wenn alles seinen angemessenen Namen bekam, da machten verhasste Personen keine Ausnahme. Mit „Rüdiger" und „Jens" kam man im normalen Leben nicht wirklich weiter. Beide Namen klangen so harmlos, völlig irreführend! „Jens" und „Rüdiger" boten nicht mal ansatzweise einen leichten Vorgeschmack auf die Katastrophe, die sich dahinter verbarg. Da war es doch besser den Dingen auch gleich passende Namen zu geben. Das Leben einer Frau wäre wesentlich einfacher, wenn sich bestimmte Männer mit vollem Namen vorstellen würden: «Hallo, ich bin der Jens und meistens als Blödbommel unterwegs!» Leider fehlte es den Blödbommeln und deren Stellvertretern oftmals an der nötigen Selbstreflektion, was wirklich ein Jammer war.

Die Kleine sagte: «Aber egal wie du sie nennst: Freak und Co. bleiben auf unseren Sofas kleben und machen uns das Leben zur Hölle, wenn wir sie lassen. Weißt du, wenn ich Rüdiger nicht vorher schon so lange gekannt hätte. Aber wenn man jemanden 12 Jahre kennt, dann sollte man doch davon ausgehen können, dass einen nicht allzu große Überraschungen erwarten, oder? Dass der sich als ein völlig anderer herausstellt, hätte ich das wissen können? Vielleicht hätte ich es wissen müssen. Wenn ich nur nicht so blind gewesen wäre und immer nur das sehen würde, was ich sehen will. Ach, egal wie du sie nennst. Es bleiben alles doch nur Komplimente im Vergleich zu dem, was dich in der Realität erwartet.»

Ihre lockige Freundin antwortete: «Ja, aber das hilft ja alles nicht weiter. Wenn ich wenigstens auch schon alleine wohnen würde, so wie du. Das wäre echt schon viel wert. Ich müsste Jens irgendwie aus der Wohnung bekommen. Dann könnten die Jungs und ich alleine in Ruhe leben. Was meinst du, was das für ein Glück wär! Ich müsste mir nicht mehr den ganzen Tag dieses leidende Gesicht anschauen». Die Kleine rief dazwischen: «Depp! Das finde ich gut. Kurz, knapp, zackig! Dein Jens ist ein Depp!» Ihre

Freundin war aber in ihren Gedanken schon weiter gezogen und reagierte nicht auf die Äußerung, sondern sagte: «Er tut nur nach außen so, als würde er etwas für uns empfinden. Am Anfang dachte ich wirklich, dass er auf mich eingeht und mich versteht. Aber wie alt war ich da? 28? Mittlerweile glaube ich, dass er einfach nur geschickt ist. Als er früher mit mir diese intensiven Gespräche führte, da dachte ich, dass er wirklich so empfindet. Mittlerweile weiß ich, dass er in den passenden Situationen einfach nur sehr gut gelernt hat das wiederzugeben, von dem er glaubt, dass es von ihm erwartet wird. Und am Ende ist sein Verständnis auch noch an eine Forderung gekoppelt, die ich für ihn erfüllen soll. Weißt du noch, als wir uns kennen gelernt haben? Da waren Jens und ich gerade hierher gezogen. Seinetwegen! Er wollte weg aus Bayern, aber ausgerechnet vom platten Land in die Großstadt? Mir hatte es eigentlich ganz gut gefallen auf dem platten Land, sogar in Bayern. Aus Liebe zu ihm bin ich mitgegangen und jetzt lebe ich schon so lange mit ihm hier. Meine Kinder sind hier geboren. Und jetzt? Jetzt will der Herr zurück, weil es ihn aufs Land zieht. Ehrlich: Back to the roots... back to nature... plattes Land wir kommen! Hunderte von Kilometern Richtung Süden. Der spinnt doch!

Plötzlich fühlt er sich hier nicht mehr wohl. Das fällt ihm nach so vielen Jahren ein. Mit seinem Job läuft es nicht so, wie er sich das vorgestellt hat, er fühlt sich gemobbt. Die Stadt ist plötzlich zu groß! Als wäre sie gewachsen… ach der findet plötzlich tausend Gründe, um wieder zurück in die Heimat zu wollen. Und wenn ich ihn wirklich liebe, dann komme ich natürlich mit, jedenfalls sieht er das so. Aber ich will nicht weg. Im Leben werde ich nicht zurückgehen! Und meine Kinder auch nicht. Ich habe mir endlich die Stelle als Projektleiterin erkämpft. Das gebe ich doch nicht auf, nur weil der Herr hier plötzlich unglücklich ist. Mit allem!» Während sie geredet hatte, wurde sie immer wütender und ihre Gesichtsfarbe hatte mittlerweile in intensivstes Rosa gewechselt. Ihre Freundin trank einen Schluck von ihrem Wasser und hörte zu, denn sie wusste, bis all der Ärger ihrer Freundin ausgesprochen sein würde, verginge noch einige Zeit. Ihre gelockte Freundin war auch noch lange nicht am Ende und regte sich weiter auf: «Und ganz ehrlich, selbst wenn wir umziehen würden, es würde nicht lange dauern und er wäre wieder unzufrieden. Er ist immer unzufrieden. Schuld sind natürlich immer die anderen. Stets macht er sein Umfeld dafür verantwortlich. Wenn sein Job nicht schuld ist, dann sind es seine Eltern, ich oder auch die Kinder. Irgendwer ist immer an seiner Misere Schuld, nur er selbst natürlich nie. Dabei steckt diese Unzufriedenheit tief in ihm. Nicht, dass ihm das bewusst wäre, stattdessen jammert er rum und fühlt sich permanent schlecht behandelt. Wenn dann gar nichts mehr geht, wird er eben krank. Auch ein Weg, um keine Erwartungen erfüllen zu müssen. Wenn ich mal mit den Kindern und ihm, was in den letzten Jahren wirklich kaum noch vorkam, einen Ausflug machen wollte, wer hatte Kopfweh? Der Depp! Wenn wir abends eingeladen waren, wer konnte nicht mit, weil er Bauchgrummeln hatte? Der Depp! Es ist doch immer das gleiche. Und dann benutzt er seine Krankheiten auch noch, um mir ein schlechtes Gewissen zu machen. So nach dem Motto: «*Schau mal, nur wegen euch geht es mir so schlecht. Wenn mich das Leben mit euch nicht so belasten würde, ich könnte so viel mehr schaffen. Aber ich tue das alles ja nur für euch. All diese Kompromisse, die ich nur für euch eingehe*». Sie trank einen großen Schluck aus ihrer Tasse hielt inne und sagte: «Echt, ich mag nicht mehr!»

Die Kleine fasste nach der Hand ihrer Freundin und sagte: «Und jetzt stellst du dir mal flott vor, wie es wäre, wenn du morgens nicht mehr neben ihm aufwachen müsstest. Du nie mehr die ollen muffelnden Schlafanzüge in der Wäsche hättest. Dir nicht jeden Morgen aufs Neue seine dummen Ausreden den letzten Nerv raubten, wie zum Beispiel: *Ich kann heute die Kinder nicht in den Kindergarten bringen, weil… .*»

Die Locke zupfte gedankenverloren an ihrem Pony und sagte versonnen: «Echt, allein diese Schlafanzüge nicht mehr sehen zu müssen, *das* wäre es schon wert. Wenn die Jungs noch klein sind, so wie meine beiden Süßen, dann haben Schlafanzüge wirklich einen gewissen Charme. Die dünnen kurzen Beinchen, die da in Hosen mit Bündchen stecken. Das ist schon süß. Aber was ist an Kindern nicht süß? Auch Bündchen an Schlafanzügen sind für Kinder echt toll, weil sie den Stoff da halten, wo er hingehört. Beim Essen hängen die Ärmel nicht im Nutella, beim Schlafen bleiben die Hosenbeine am Bein und halten schön warm, aber bitte: Welchen Vorteil haben Bündchen an Herrenschlafanzügen in Größe 56?! Schlafanzüge für erwachsene Männer sind schon eine Strafe an sich, aber mit Bündchen, das grenzt an Zumutung! Ich werde sie alle wegschmeißen.» Entschlossenheit machte sich in ihrer Miene breit. «Noch heute!» «Wenn du die Schlafanzüge wegschmeißt, dann schläft er neben dir in Unterhose», die Kleine hielt kurz inne und führte dann ihren Satz weiter: «Oder nackt!»

Es herrschte betretenes Schweigen, bis die Locke sagte: «Okay, ich gebe mich geschlagen. Du hast gewonnen. Geht beides nicht. Dann behält er eben seine Schlafanzüge und zieht aufs Sofa. Oder am besten soll er sich gleich eine neue Bleibe suchen». Die Locke nahm ihren letzten Schluck Kakao und schaute traurig in den grauen Novemberhimmel, den man durch das breite Fenster erblicken konnte. Nur am Rande registrierte sie, dass es nach Schnee aussah. Ihre Freundin strich ihr über den Rücken und fragte: «Nur wegen der Schlafanzüge?» Ihre Freundin schüttelte energisch den Kopf und antwortete: «Quatsch, sei nicht albern. Natürlich nicht wegen der Schlafanzüge. Mir ist gerade klar geworden, dass ich das auf gar keinen Fall bis an mein Lebensende aushalte. Egal was er für Schlafanzüge trägt oder ob er die Kinder zum Kindergarten bringt. Mir ist gerade bewusst geworden, dass ich mein Leben damit verbringe an einer Beziehung zum

Vater meiner Kinder festzuhalten, die es eigentlich schon lange nicht mehr gibt. Und ganz ehrlich, diese ollen Schlafanzüge hatte er doch schon immer. Sie hatten mich früher doch nie gestört. Aber jetzt kann ich allein ihren Anblick schon nicht mehr ertragen. Wie sie da zusammengerollt im Weg herum liegen. Wenn ich sie in die Waschmaschine stecken muss, dann halte ich die Luft an, weil ich seinen Geruch nicht mehr ertrage. Kannst du dir vorstellen, dass ich früher diesen Geruch mochte?» Ihre Freundin hob abwehrend die Hände und ihr Gesichtsausdruck verriet, dass das außerhalb ihrer Vorstellungskraft lag.

«Wenn ich mit den Kindern etwas unternehmen will, dann mache ich die Termine so, dass er es unmöglich schaffen kann mitzukommen. Ich weiß, dass er dazu sowieso keine Lust hat, aber ich gebe ihm auch schon lange keine Chance mehr. Ehrlich gesagt mache ich alles mittlerweile am liebsten ohne ihn. Kannst du mir sagen worauf ich noch warte? Ich bin selbstständig, verdiene genug für mich und meine zwei Jungs sind einfach tolle Kinder. Ich bin erst vierzig! Warum soll ich nicht was anderes probieren?» Die kleine Freundin lächelte sie an und sagte: «Da fällt mir kein Grund ein!»

Beide nippten an ihren Tassen und hingen für einen Moment ihren Gedanken nach. «Warum mache ich es dann nicht einfach?», fragte die Locke ihre Freundin. Diese zuckte mit den Schultern und antwortete: «Ich weiß nicht, vielleicht dauert es noch ein wenig. Dir ist ja gerade erst bewusst geworden, dass du das nicht bis zum Tode aushalten kannst und vor allem willst. Wenn der Gedanke jetzt gerade erst so weit gekommen ist, dass du ihn aussprechen konntest, dann gib ihm doch noch ein bisschen Zeit. Irgendwann wird er sich in die Tat umsetzen lassen. Mach einfach mal etwas langsamer. Du kannst ja schon mal anfangen, den Wohnungsmarkt zu erkunden. Wenn du dann eine neue Bleibe suchst, dann bist du vorbereitet». Die Locke schüttelte den Kopf: «Nein, eigentlich müsste ich nur die Umzugsunternehmen studieren. Ich werde mit den Jungs in unserer Wohnung bleiben. Der Depp zieht aus und damit er schon mal weiß, dass für ihn alles anders werden wird, darf er ab heute auf dem Sofa schlafen. Im Schlafanzug, nackt oder in Badehose, mir egal! Hauptsache ich brauche das Bett nicht mehr mit ihm teilen. Jetzt wo der Gedanke gefasst und ausgesprochen ist: Keine Minute länger halte ich es an seiner Seite aus!» Entschlossen schluckte sie den letzten

Rest ihres Kakaos herunter. Die Kleine fragte: «Und was machen wir jetzt?» «Wir gehen hier gleich mal in die Buchhandlung um die Ecke. Mal sehen, welche Ratgeber es gibt. Schließlich muss ich meinen Jungs das so beibringen, dass sie heile bleiben», antwortete ihre Freundin. Beide tranken den letzten Rest ihrer Getränke aus. Zum Bezahlen gingen sie an die Theke, wo die nette Frau gerade den letzten Rest ihres Tees getrunken hatte. Schnell legten sie den Betrag und ein recht üppiges Trinkgeld auf den Tresen. Bevor die Besitzerin das Geld weggepackt hatte, waren beide Frauen schon an der Tür. Während man die Türglocke noch hörte, waren sie schon aus dem Blickfeld verschwunden.

Die Freundinnen hatten das Café gerade hinter sich gelassen und mussten einer Traube kleiner Mädchen auf dem Gehweg ausweichen, als die Locke fragte: «Sag mal: Die Besitzerin des Cafés, welchen Spitznamen würdest du ihr geben?» Die Kleine antwortete ohne zu zögern: «Klassefrau. Das passt am besten.» Dann waren beide um die nächste Häuserecke verschwunden, während sich ein Kind aus der Mädchentraube löste und auf das Café zusteuerte.

Kapitel 4: Das Mädchen

Das kleine Mädchen hatte sich gerade aus der Traube gleichaltriger Mädchen gelöst, als sie die Arme in die Luft reckte und ihren Freundinnen zuwinkte. Dann riefen sich die Mädchen noch etwas zu, alle gleichzeitig. Nur sie selbst waren im Stande, sich in dem Gewirr hoher Stimmchen zurecht zu finden. Erwachsene blieben chancenlos heraus zu finden, wer da was gerufen hatte. Aber die Mädchen konnten das. Mühelos. In dicken Stiefeln stapften sie weiter. Dann war das Wirrwarr aus bunten Mützen, Handschuhen und Schals im nächsten Augenblick aus dem Blickfeld verschwunden. Mit ihnen verschwand auch das Stimmengeschnatter. Zurück blieb das einzelne kleine Mädchen, das nun die Tür zum Café auf drückte. Dabei musste sie sich mit aller Kraft gegen die Tür lehnen. Auf dem Weg zum Tresen versuchte sie schon die Entscheidung zu treffen, welchen der Muffins sie denn heute essen würde. Dabei zog sie sich die Mütze vom Kopf und lächelte der Frau hinter dem Tresen zu. Diese erwiderte das Lächeln und sagte: «Hallo Elli. Na, welcher Muffin soll es denn an diesem Mittwoch sein» Elli antwortete freudestrahlend: «Bitte einen Blaubeer-Muffin und Kakao dazu.» Elli strahlte, als die

Bedienung fragte: «Mit Sahne?» Elli nickte. «Also alles wie jeden Mittwoch!» Die Frau hinter dem Kuchenbuffet grinste das Mädchen an und machte sich an die Arbeit, dem kleinen Gast seinen Wunsch zu erfüllen. Elli schaute sich um. Sie entdeckte das rote Sofa und freute sich. Heute schien ihr Glückstag zu sein. Blaubeer-Muffin, Kakao mit Sahne und das rote Sofa, auf dem gerade niemand saß. «Fein», dachte Elli und hüpfte auf das Sofa zu. Das springende Kind zog alle Blicke der Erwachsenen auf sich und man hätte meinen können, dass so etwas wie kollektives Denken doch im Bereich des Möglichen lag. Denn die einzige Frage, die in diesem Moment allen großen Menschen im Café durch den Kopf ging, war: Warum müssen kleine Menschen immer hüpfen, springen oder rennen, um sich fort-zubewegen? Und dann folgte ein kleiner Stich des Neids, dem sich die Frage anschloss: *Warum fehlt mir nur die Energie dafür*? Dann war es aber mit dem kollektiven Denken auch schon wieder vorbei und jeder der anwesenden Großen beschäftigte sich wieder mit dem, was er am besten konnte: Die eigenen kleinen Gedanken, die von der Wichtigkeit her doch sehr unterschiedlich waren, im Kopf auf eine meist wohlbekannte Reise zu schicken.

Das Mädchen stellte ihren Schulranzen auf das Sofa und zog Jacke und Schal aus. Beides legte es neben die Mütze und den Ranzen. Elli holte aus ihrer Schultasche ein Freunde-Buch und ihren Füller. Beides legte es auf den Tisch und ließ sich ins Sofa sinken. Sie mochte das, so im Sofa zu versinken. Es war ein kleines Mädchen, so dass nur noch ihre Füße über die Sitzfläche des Sofas hinausragten. Das waren ganz schön dicke Füße, auf die Elli da blickte. Schließlich steckten sie in dicken warmen Winter-stiefeln. Sie kicherte. Es würde noch Jahre dauern, bis ihre Füße den Boden berühren würden, dachte die Bedienung, als sie dem Mädchen ihre Bestellung auf den Tisch stellte. «Lass es dir schmecken», sagte sie zu dem Mädchen. Dann drehte sie sich um und fragte neu hereinkommende Gäste nach ihren Wünschen. Das Mädchen schaute auf die Sahnehaube des Kakaos. Diese hatte die nette Frau mit einigen Schokostreusel verziert. Elli liebte Schokolade! Sie nahm die sehr warme Tasse in ihre Hände und naschte als erstes von der Sahne. Dann trank sie einen großen Schluck Kakao. Sie biss in ihren Blaubeer-Muffin und freute sich. Ihr Blick fiel auf das Freunde-Buch. Es gehörte ihrer Freundin Sarah. Sarah hatte es zum Geburtstag geschenkt bekommen und es ihr heute gegeben, damit sie eine Seite ausfüllen konnte. Neugierig schlug sie es auf und betrachtete die schon ausgefüllten Seiten. Vor allem die Seiten der Erwachsenen studierte sie sehr sorgfältig. Wie alt die schon waren! Sie konnte sich beim besten Willen nicht vorstellen jemals sooo alt zu werden. Frau Markwart war schon neununddreißig! Frau Markwart war ihre Klassenlehrerin und bestimmt würde sie bald sterben, so alt wie sie schon war. Und was für Hobbies die hatte. Reisen! Was sollte das denn für ein Hobby sein? „Lesen" wäre ein Hobby gewesen oder „Fußball spielen". Elli spielte für ihr Leben gerne Fußball. „Schlittschuh fahren" wäre auch ein tolles Hobby. Erwachsene waren schon sehr seltsam. Elli schüttelte den Kopf, hoffte später einmal anders zu werden und schaute nach den Seiten, die ihre Freundinnen schon ausgefüllt hatten. Aber da wusste sie das meiste schon, bevor sie es gelesen hatte. Schließlich verbrachte sie viel Zeit mit ihren Freundinnen. Es war klar, dass Lea gerne ritt und Franka Tennis spielen liebte. Elli blätterte weiter zu der Seite, die sie über sich ausfüllen sollte. Das war einfach. Sie nahm ihren Füller und legte los. Schließlich war das ja auch nicht das erste Freunde-Buch, das sie ausfüllen musste. Sie wusste auch, dass gleich wieder die Frage kam, die sie so ungern beantwortete, aber an die sie sich mittlerweile gewöhnt hatte. Die Frage war: «Was findest du richtig blöd?» Ihre Antwort war immer dieselbe: Ich finde blöd, dass meine Eltern nicht zusammen leben! Schnell schrieb sie die Antwort auf und atmete hörbar aus. Den Rest beantwortete sie entspannt und war schnell mit allem fertig. Sie legte das Freunde-Buch und den Füller beiseite und wendete sich ihrem Kakao zu.

Während sie an ihrem Getränk nippte und immer wieder kleine Happen von ihrem Muffin abbiss, sah sie aus dem Augenwinkel wie sich draußen auf der Straße etwas in Bewegung setzte. Als sie herausschaute, sah sie, dass es für die Mittagszeit ziemlich dunkel geworden war. Aber es war deutlich zu erkennen, welchen Grund das hatte. Sie sah die vielen großen dicken Schneeflocken vor dem Fenster hin und her tanzen. Es schneite! Ihr Herz machte einen Freudensprung und sie fragte sich, ob sie wohl nachher einen Schneemann bauen könnte. Die Flocken wirbelten in der Luft herum. Sie schaute ihnen zu und wenn eine Flocke an das Fester segelte, dann blieb sie daran hängen, um langsam zu schmelzen. Elli kam das Licht im Café plötzlich viel heller vor und die Wärme hüllte sie vollständig ein. Selbst das Sofa kam ihr weicher vor als sonst. Wie sie so da saß, erlebte sie einen Augenblick vollkommenen Glücks, was sie selber nur in ihrem Innersten fühlen konnte. Es würde noch viel Zeit vergehen, bis ihr Kopf verstanden haben würde, dass sie in diesem Moment vollkommen glücklich gewesen war.

Ihre Gedanken wanderten vom Schneemann bauen übers Eislaufen hin zum Schlitten fahren. Endlich schneite es. Hoffentlich gab es diesen Winter ganz viel Schnee. Sie liebte ihn und alles was man damit anstellen konnte. Was ihr Papa wohl für heute Nachmittag geplant hatte? Ob er mit ihr einen Schneemann bauen würde? Vielleicht hatte er dazu gar keine Lust? Aber meistens hatte er mittwochs zu allem Lust, was Elli Spaß machte. Schließlich war das *ihr* Tag. Das hatte er einmal gesagt. «Wenn du mittwochs zu mir kommst, dann ist das dein Tag und wir werden ihn uns so schön wie möglich machen». Elli freute sich immer sehr auf den Mittwoch, denn das war der einzige Tag in der Woche, an dem sie ihren Papa sehen konnte. Ansonsten blieb für sie beide nur jedes zweite Wochenende übrig. Elli wusste, dass der zusätzliche Papa-Tag etwas Besonderes war. Alle anderen Kinder, deren

Eltern sich nicht mehr verstanden und nicht zusammen lebten, durften ihren Papa nur alle zwei Wochen sehen. Sie hingegen konnte jeden Mittwoch zu ihrem Papa. Der hatte mittwochs frei und sie durfte sogar bei ihm übernachten. Am Donnerstag fuhr er sie dann zur Schule. Das fand Elli richtig gut. Sie wurde bis vor die Tür gebracht und brauchte an diesem Tag nicht mit dem Schulbus fahren. Deshalb war für sie der Mittwoch nicht nur irgendein Tag in der Woche. Es war DER Tag der Woche!

Völlig in ihren Gedanken versunken, starrte sie durch das Fenster und war gebannt von den herumfliegenden Schneeflocken, dem Kakao und dem leckeren Muffin. Eine bekannte Stimme riss sie aus ihren Gedanken: «Darf ich mich zu ihnen setzen junge Dame?» Sie kicherte und wusste schon bevor sie aufschaute, was ihr Papa für ein Gesicht machen würde. Sie grinste ihn an und antwortete: «Aber sicher der Herr. Nehmen sie doch Platz.» Sie versuchte sich wie eine Dame hin zu setzten, was wegen ihrer kurzen Beine und der dicken Stiefel nicht einfach war. Als sie versuchte die Beine übereinander zu schlagen um damenhaft elegant zu wirken, da sah es eher aus, als versuchten zwei Stöckchen, sich zu verknoten. Das war jedoch nebensächlich, denn Elli war schon ins Spiel vertieft, das sie oft mit ihrem Papa spielte. Das Spiel war: Der höfliche Herr (ihr Papa) und die höfliche Dame (sie selbst) treffen aufeinander und sprachen, als wären sie am Königshof. Angefangen hatte es schon vor einiger Zeit, als Elli ihre Vorliebe für Märchen entdeckt hatte. Ihr Papa hatte ein Märchenbuch für sie gekauft. Da waren zu jedem ihrer liebsten Märchen auch wunderschöne Bilder gemalt. Sie konnte nicht genug bekommen von diesem Buch, den Bildern und der Sprache. Ihr Papa hatte einmal gesagt, dass er die Geschichten schon so oft vorgelesen hatte, dass er sie bestimmt auswendig könne. Aber das glaubte Elli ihm nicht.

Sie mochte diese „Märchensprache" und versuchte sie damals, so oft wie möglich zu benutzen. Daraus war dann dieses Spiel entstanden. Ihr Papa hatte daran fast genauso viel Spaß, wie sie selbst und ihre Mama. Und auch wenn sie es nie zu dritt hatten spielen können. Elli freute sich insgeheim, dass es doch etwas gab, was ihre Mama und ihr Papa gleichermaßen mochten. Ein Spiel, das sie alle drei spielten, nur eben nie alle gemeinsam.

«Möchte der Herr einen Kaffee? So wie er ihn jeden Mittwoch gedenkt zu verköstigen?», fragte die Bedienung grinsend. Alle drei mussten lachen, denn schon vor einiger Zeit hatten Vater und Tochter die Bedienung in ihr Spiel eingeweiht. So kam es immer wieder vor, dass mittwochs, wenn der Vater seine wartende Elli abholte, auch die Cafébesitzerin immer wieder in das Spiel einstieg. Aber der Vater verneinte, stattdessen bestellte er zwei Baguettes mit Käse und Schinken. Auch das war eines der Rituale des Mittwochs, die Vater und Tochter teilten. Beide liebten diese Baguettes und würden sie mitnehmen, um sie in der Wohnung des Vaters zu verspeisen. Elli freute sich darauf. Sie mochte Papas Wohnung. Sie hatte einen eigenen Platz am Küchentisch. Dort saßen sie sich in der hellen kleinen Küche jeden Mittwoch gegenüber und aßen das Baguette.

Während sie beide nun auf die Baguettes warteten, schauten sie den Schneeflocken beim Wirbeln zu. «Papa, meinst du der Schnee bleibt liegen? Könnten wir nachher nicht einen Schneemann bauen?» Der Vater schüttelte den Kopf. «Das glaube ich nicht. Das wird noch etwas dauern, bis der Schnee liegen bleiben wird. Der Boden ist zu warm.»

Wieder schwiegen sie eine Weile, bis Elli erneut fragte: «Was machen wir denn heute Nachmittag?» Der Vater schaute sie an und fragte: «Wozu hättest du denn Lust?» Elli brauchte nur den Bruchteil einer Sekunde, um zu antworten: «Zum Schlittschuh fahren!» Als der Vater antwortete: «Na, dann machen wir das doch», grinste er und strahlte seine Tochter an. Denn nichts Schöneres hätte er sich heute vorstellen können. Nachdem sie wieder in das Schneetreiben versunken waren, wurden sie jäh aus den Gedanken gerissen, als die Cafébesitzerin ihnen ihre Tüte mit den Baguettes überreichte. Der Vater bezahlte die Rechnung und beide verabschiedeten sich bis zum nächsten Mittwoch. Es dauerte eine Weile, bis sich das Mädchen mit Schal, Jacke, Mütze und Handschuhen verpackt hatte. Ihr Papa wartete und setzte sich den schweren Schulranzen auf den Rücken. Das Mädchen trug dafür die Baguettes in der Tüte vor sich her. So gingen beide zur Tür, nicht ohne sich vorher, noch einmal zur Besitzerin umzudrehen. Sie winkten sich zum Abschied zu. Die Besitzerin lachte und rief: «Auf Wiedersehen junge Dame. Bis nächsten Mittwoch!» Dann hatten Vater und Tochter die Tür erreicht. «Dürfte ich wohl der reizenden jungen Dame das Tor öffnen?»

fragte der Papa seine Tochter. Dabei machte er eine leicht förmliche Verbeugung, was mit den ganzen Dingen, die er bei sich trug, gar nicht so einfach war. Das Mädchen knickste leicht und antwortete kichernd: «Natürlich, wenn der Herr bitte so freundlich wäre!» So öffnete der Vater für seine Tochter die Tür und beide verließen fröhlich das Café.

Als Vater und Tochter nun mit ihrem Mittagessen und Ellis Schulsachen bepackt aus dem Café traten, kam ihnen ein Mann entgegen, der offenbar ins Café wollte. Unbewusst schob sich der Vater zwischen den Mann und seiner Tochter. Wenn ihn jemand gefragt hätte, warum er dies tat, hätte er niemandem eine Antwort geben können. Ohne sich dessen bewusst zu sein, hatte er ein schlechtes Gefühl wahrgenommen. Dieses Gefühl, dass der Mann, der nun das Café betrat, in ihm ausgelöst hatte.

Als Elli mit ihrem Vater ein Stück die Straße entlang gegangen war, war das schlechte Gefühl verschwunden und der Vater schaute seiner Tochter hinterher, die im Schneetreiben vor ihm her hüpfte. Er stellte sich zum tausendsten Mal die Frage, warum seine Elli immer hüpfen, springen oder laufen musste. Niemals *ging* sie einfach nur. Gleich darauf beschäftigte ihn (auch zum wiederholten Male) die Frage, woher sie wohl die Energie dafür hatte? Ihm selbst fehlte sie einfach.

Das schlechte Gefühl hatte er vergessen.

Kapitel 5: Das Monster

Die Cafébesitzerin lächelte noch immer über das kleine Mädchen und ihren Papa. Jeden Mittwoch wartete die kleine Elli nach der Schule hier auf ihn. Ellis Vater hatte sie vor einiger Zeit gebeten, ein Auge auf Elli zu haben, bis er sie im Café abholen konnte. Der Schulschluss des Mädchens und der Feierabend des Vaters passten nicht zusammen. Wobei es ein großes Glück war, dass er sich mittwochs schon zur Mittagszeit frei nehmen konnte. Natürlich hatte sie sich angeboten, ein wenig auf das Mädchen zu achten. Sie freute sich jeden Mittwoch auf die kleine Elli, die in ihren Augen etwas ganz besonderes war. Doch als sie nun hoch schaute und den neuen Gast in ihrem Café erblickte, verflüchtigte sich das gute Gefühl. Der Mann war gerade zur Tür herein gekommen und schaute sich suchend nach einem freien Platz um. Er kam nicht oft in ihr Café, aber oft genug, so dass sie ihn wieder erkannte. Wie hätte sie ihn auch vergessen können? Wenn er da war, bereitete er ihr Unbehagen. Ihr Körper schaltete augenblicklich auf „Gefahrenzustand" um. Ihre Sinne schärften sich und sie passte auf. Auf wen oder was, hätte sie nicht sagen können. In seiner Gegenwart fühlte sie einen

Widerwillen in sich aufsteigen, den sie sich selbst gerne erklärt hätte. Bedauerlicher Weise blieb ihr Unterbewusstsein wenig mitteilsam.

Sie beobachtete ihn aus dem Augenwinkel, wie er auf das Sofa zusteuerte. Als er es erreicht hatte, ließ er sich darauf fallen. Breitbeinig saß er da, als würde ihm die Welt gehören. Fehlte nur noch, dass er sich jetzt in den Schritt fasste. Ein angewidertes Schütteln ging durch ihren Körper, aber die befürchtete Geste blieb aus. Sie rief sich selbst in Gedanken eine Idiotin, versuchte das schlechte Gefühl abzuschütteln und setzte ihr Betriebslächeln auf. Sie wusste zwar, dass sie auf diese Art und Weise kein Gefühl vertreiben konnte, aber die Hoffnung stirbt bekanntlich zuletzt. Sie seufzte und machte sich auf den Weg zu seinem Tisch.

Er sah ihr zu, wie sie in seine Richtung steuerte. Mit ihrem Block, dem Stift und einem Tablett in der Hand. Kurz überlegte er wie alt sie wohl sein mochte. Er kam zu dem Schluss, dass sie ungefähr in seinem Alter war. Für ihn wurde sie damit gänzlich uninteressant. Trotzdem klebte sein Blick an ihr, als hätten sich seine Augen an ihr festgesaugt. So machte er es gern und oft, er starrte seine Mitmenschen an. Er hatte schon vor langer Zeit festgestellt, dass dies oft für Verunsicherung sorgte. Das gab ihm Macht. Macht über andere zu haben, war ein wunderbares Gefühl. Er liebte es. Als sie an seinen Tisch trat, stellte sie das Tablett ab und sammelte das benutzte Geschirr ein. Dabei fragte sie nach seinen Wünschen. Während sie ihre Arbeit verrichtete und auf die Bestellung des Mannes wartete, sah sie in seine Augen und wich dem Blick nicht aus. Auch wenn es ihr schwer fiel, aber sie würde ihm nicht nachgeben, dem schlechten Gefühl. Was sollte schon passieren? Dabei blieben seine kalten Augen undurchdringbar und die Bedienung spürte, wie ihr Mund trocken wurde. Der Blick des Mannes war eisig. Sie fragte sich, wie man zu solch einem Blick kam. Sie musste plötzlich an ein Raubtier denken. Allerdings kamen ihr da nicht so anmutige und stolze Tiere wie Löwen oder Tiger in den Sinn. Der Mann hatte eher etwas von einer Hyäne. Obwohl man mit diesem Vergleich dem armen Tier sicherlich Unrecht tat. Sie konnte ihn sich lebhaft vorstellen, wie er in irgendeiner schäbigen Ecke sein fieses Kichern in die Welt gackerte. Seine äußere Erscheinung konnte für diese Assoziation jedoch nicht verantwortlich gemacht werden. Der Mann war klein, gedrungen, übergewichtig und äußerlich eher unauffällig. Zwar hing an seinem Hals eine dicke Goldkette und das schmuddelige Hemd spannte sich über den dicken Bauch, aber ansonsten gab es keine Auffälligkeiten. Hätte der Mann nicht den Blick eines toten Fisches gehabt, sicherlich hätte man ihn sofort wieder vergessen. Aber so war es leider nicht. Die Besitzerin des kleinen Cafés hätte diesen Mann am liebsten sofort vor die Tür gesetzt. Aber aus welchem Grund? Er hatte ja nichts getan. Außer sie mit seiner Anwesenheit zu belästigen. Das würde wohl als Begründung für einen Rauswurf nicht ausreichen. Ebenso wenig das schlechte Gefühl, das er verbreitete. Aber alle miesen Schwingungen, die sich mittlerweile um den Tisch und das Sofa tummelten, hatte ihre Berechtigung, da war sie sich sicher. Sie wusste, sie sollte ihrem Gefühl vertrauen. Das tat sie und dennoch musste sie ihn auf ihrem Sofa sitzen lassen. Ein Jammer, den sie Zähne knirschend hinnahm. Als er ein Bier bestellt hatte, machte sie sich sofort auf den Weg zurück zur Küche. Es kostete sie einige Überwindung, ihm den Rücken zuzudrehen. Aber auf diese Weise konnte sie Abstand zwischen sich und ihn bringen, eine Erleichterung.

Sie holte sein Bier aus dem Kühlschrank und stellte es auf das Tablett. Während sie es öffnete, schaute sie in seine Richtung. Wie er schon da saß. Sie beobachtete, wie er sich im Café umschaute. Was wohl in seinem Kopf vor ging? Wahrscheinlich wollte sie das gar nicht wissen. Gutes war das sicher nicht. Dennoch fragte sie sich, warum er in ihr Café gekommen war. Um diese Uhrzeit. Er wartete doch auf etwas. Sie hätte gern gewusst auf was. Sicher nicht auf das Ende seiner Mittagspause. Der Mann sah nicht aus, als hätte er es eilig. Sein Äußeres ließ auch keine Rückschlüsse auf einen Beruf zu. Kein Anzug, keine Aktentasche, keine Arbeitskleidung. Etwas zu essen hatte er auch nicht bestellt. Wäre er hier um seine Mittagspause zu verbringen, stünde jetzt ein Teller auf ihrem Tablett und nicht nur ein Bier. Sie seufzte, während sie ein Glas zum Bier auf das Tablett stellte. Sie würde keine Antworten auf ihre Spekulationen finden. Hin und wieder hatte sie Spaß daran, sich vorzustellen, was ihre Gäste wohl für Menschen waren, welchem Beruf sie nachgingen, ob sie in einer Wohnung oder in einem Haus wohnten. Manchmal war das ein amüsanter Zeitvertreib. Sie musste an den alten Herren denken, der immer sonntags in ihr Café kam. Er hatte fast immer den gleichen Anzug an, kam zur selben Uhrzeit, bestellte immer Tee und Käsekuchen und las eine halbe Stunde in der Zeitung. Er blieb nie länger als eine Stunde. Er kam und ging immer allein. Sie hatte sich schon so viele Leben für diesen Mann ausgedacht. Alle könnten passen. Dieser Mann war so unscheinbar, dass sowohl ein Dasein als liebender Großvater als auch Massenmörder in Betracht gezogen werden konnte. Er zeigte einfach zu wenig von sich, als dass sich auch nur ansatzweise Rückschlüsse auf sein Leben schließen ließen. Was aber das Entscheidende war, sie bekam in seiner Gegenwart einfach kein Gefühl. Weder ein Gutes noch ein Schlechtes. Es gab einfach nichts Markantes an diesem Mann.

Ein Blick zu ihrem Sofa erinnerte sie daran, dass das auch ganz anders sein konnte. Dieses Exemplar Mann, das sich da auf ihrem Sofa breit gemacht hatte, ließ nur miese Gedankenspiele zu. Ihre Vorstellungskraft und Phantasie konnten in seiner Gegenwart zur Höchstform auflaufen. Ihr Kopf spielte sämtliche Szenarien durch, womit dieser Mann seine Freizeit gestaltete. Jede Möglichkeit wäre ein Fall für die Polizei gewesen. Sie schüttelte sich und dann leicht ihren Kopf. Zu realistisch waren die Bilder, die in ihrem Kopf herumspukten. Vielleicht sollte sie mal darüber nachdenken ein Drehbuch für den *Tatort* zu verfassen. Aber Phantasie hin oder her, der Widerwille, ihm sein Bier zu bringen, war real. Immerhin hatte sie in den letzten Minuten einen Namen für ihn gefunden. Das Monster. Sie lächelte, wenn auch kaum erkennbar, und machte sich auf dem Weg zum Sofa. Da saß es und wartete schon auf sie, das Monster. Selbstgefällig, breitbeinig und die kalten Augen beobachteten jede ihrer Bewegungen. Dann tat er es doch. Die Handbewegung, die sie so sehr verabscheute. Wie viel Unbehagen konnte ein einzelner Mensch verbreiten? Momentan war sie versucht, diese Frage mit *unendlich* zu beantworten.

Die Frau brachte endlich sein Bier. Schnell hatte sie ihm alles auf den Tisch gestellt. Ehe er zur Bierflasche gegriffen hatte, war sie schon auf dem Rückweg zu ihrer Theke. Sie war wirklich schnell, das musste er ihr lassen. Er nahm einen großen Schluck Bier und schaute auf die Uhr. Er hatte nicht vor länger als nötig im Café zu warten. Schließlich hatte er Termine, die er nicht aufschieben konnte. So war das immer in diesem Job. Gutes Timing war die Voraussetzung für Erfolg. Verschwiegenheit und Diskretion zahlten sich ebenfalls aus. Er hatte nur einmal den Fehler begangen, fünf Minuten zu spät bei einem Termin zu erscheinen. Das hatte sehr unangenehme Folgen gehabt.

Während er einen Schluck Bier trank, dachte er daran, was ihm das für Ärger eingebracht hatte. Nur weil der Kunde nicht fünf Minuten hatte warten können. Hinterher hatte er nicht nur den Ärger mit der Polizei am Hals. Auch finanziell musste er einige Einbußen hinnehmen. Aber der Kunde hatte später die Quittung dafür bekommen. Das war nicht nur ein großer Batzen Geld gewesen, den er ihm abgenommen hatte, sondern der gute Mann musste sich anschließend mehrere Wochen von der Bezahlung im Krankenhaus erholen. Danach war er von der Kundenliste gestrichen worden. Unzuverlässigkeit war etwas, was im Job ein Ausschlusskriterium war. Außerdem hatte er auch dafür gesorgt, dass dieser Kunde von niemand anderem mehr beliefert wurde. Sein klingelndes Telefon riss ihn aus den Erinnerungen. Er schaute auf sein Handy. Eine Kundenanfrage, offenbar etwas Eiliges. Da würde seine Tochter wohl noch eine halbe Stunde länger auf ihr Mittagessen warten müssen. Den Job konnte sie gerade auf dem Nachhauseweg erledigen. Er kannte den Kunden, der wohnte in einem heruntergekommenen Kneipenviertel. Da könnte er dann auch gleich, ganz ohne aufzufallen, ein weiteres Bierchen trinken. Er schaute auf seine Uhr und stellte fest, dass es Zeit war zu gehen. Er hob die Hand und die Bedienung war sofort zur Stelle, um ihm die Rechnung zu präsentieren. Fast so, als könne sie ihn nicht schnell genug loswerden. Er suchte in ihren Augen nach etwas Ungewöhnlichem. Aber er konnte nichts finden, ihr Blick war undurchdringbar. Das war etwas, was man nicht häufig fand. Vielleicht sollte er häufiger hierher kommen, um heraus zu finden, was das für eine Frau war. Es gab nicht viele Frauen, die seinem Blick standhielten. Den meisten stand die Angst in den Augen. Ein Gefühl, das er gerne in den Augen anderer sah. Wenn er es auslösen konnte, verschaffte ihm das eine tiefe Befriedigung. Denn Angst in anderen auslösen, war etwas was er beherrschte. Bei dieser Frau funktionierte es leider nicht. Während er ihr das Geld entgegen streckte, wartete er auf eine Regung in ihrem Gesicht. Vergeblich. Sie nahm auch das Geld nicht aus seiner Hand. So als würde sie es vermeiden wollen, ihre Hand in die Nähe seiner zu bringen. Sie schaute auf den Schein, schaute ihn an und wünschte ihm einen schönen Tag. Dann nahm sie die leere Bierflasche und sein dreckiges Glas. Die Frau drehte sich um und ging. Ein wenig verblüfft, legte er das Geld auf den Tisch. Über die Frau musste er nachdenken, wenn er Zeit dafür hatte. Das Denken fiel ihm schwer, das wusste er, deshalb brauchte er dafür Ruhe. Ruhe, die er jetzt nicht hatte, er musste einen Kunden bedienen und den wollte er nicht warten lassen.

In Gedanken ging er durch, wie viele Jahre er dieses Geschäft noch würde betreiben müssen. Wann würde er genug verdient haben, um aufhören zu können? Wenn es soweit war, würde er sich endlich Absetzen, diesem Land und seiner Familie den Rücken kehren. Alles hinter sich lassen. Ihm war allerdings bewusst, dass das alles sehr von seiner Familie und der Durchhaltekraft eines jeden Einzelnen abhing. Aber bis jetzt hatte er immer noch schlagende Argumente gefunden, um die Arbeitskraft seiner Lieben aufrecht zu erhalten. Das würde er auch sicher noch einige weitere Jahre so durchhalten können. Länger würde er nicht brauchen, denn bis jetzt zahlten die Kunden gut. Mit einem Lächeln verschwand er im Schneetreiben.

Als die Besitzerin sah, wie er das Café verließ und hörte, wie die Tür ins Schloss fiel, seufzte sie laut auf. Sie schaute sich um. Offenbar hatte keiner der anwesenden Gäste dieses ungute Gefühl mit ihr geteilt. Ihre Gäste waren in Gespräche vertieft oder widmeten sich ihrem Essen. Manche lasen in den Zeitungen. Alles war gut. Und dennoch: Dieses blöde Gefühl wollte nicht verschwinden. Irgendwas war mit diesem Mann. Nichts Gutes, so viel stand fest. Sie ging zum Tisch zurück und nahm sein Geld, das er auf den Tisch gelegt hatte, angewidert an sich. Sie wollte das Geld nicht. Als sie an der Theke ankam, steckte sie es in die Kasse, die das Tierheim ihr auf das Kuchenbuffet gestellt hatte. Sollten die den Tieren davon etwas Gutes tun. Wer weiß, woher das Geld stammte, das er ihr gegeben hatte. Sie wollte es nicht behalten. Ihr Blick fiel auf das rote Sofa und sie bedauerte, dass er aus-gerechnet dort gesessen hatte. Einen Stuhl hätte man abwischen können. Der Mann hinterließ eine Erinnerung, die fies am Polstern klebte. Sie beschloss die jährliche Reinigung des roten Sofabezugs ein wenig vorzuziehen und noch vor Weihnachten zu erledigen. Dann blickte sie auf die große Wanduhr und ohne genau zu wissen warum, nahm sie sich einen Stift und trat an den

Wandkalender, der neben der Kasse hing. Hier waren ihre Termine notiert, sowie wichtige Notizen, die sie mit einer Klammer am Kalender befestigt hatte. Diese wanderten Jahr für Jahr von Kalender zu Kalender. Sie schrieb einen neuen Notizzettel. Der Tag, das Datum und die genaue Uhrzeit, an dem der Mann in ihrem Café gewesen war, wurden notiert. Wahrscheinlich wurde sie langsam paranoid. Und trotzdem: Sie wurde das Gefühl nicht los, dass das irgendwann noch mal wichtig werden würde. Da riss die Türglocke und das Zuschlagen der Eingangstür sie aus ihren Gedanken. Sie klemmte die Notiz am Kalender fest, als hinter ihr eine tiefe Stimme fragte, ob sie vielleicht eine Speisekarte habe.

Kapitel 6: Die Tröte

Sie drehte sich um und vor ihr stand ein Mann. Ein ziemlich großer Mann. Wobei die Größe nicht das entscheidende Detail war, welches seine imposante Erscheinung ausmachte. Massig wäre eine nette Umschreibung für seine Gestalt gewesen. „Sehr dick" war jedoch treffender. Allerdings schien seine Freundlichkeit ebenso gewaltig geraten zu sein, wie er selbst. Eine Reihe großer Zähne lächelten sie strahlend an, als er sie nach der Speisekarte fragte. Wortlos und etwas irritiert kam sie seiner Bitte nach (war er ihr sympathisch oder nicht?). Es kam selten vor, dass sie diesbezüglich so unentschlossen war wie in diesem Moment.

Er nahm die Karte dankend entgegen und wackelte, anders ließ sich seine Fortbewegungsart kaum beschreiben, mit einem Koffer in der Hand zum roten Sofa. Während er ihn darauf abstellte, konnte sie deutlich die Melodie hören, die er laut vor sich her summte. Dann öffnete er seinen Koffer. Sie konnte einfach nicht anders und reckte sich, so dass sie erkennen konnte was darin war. Ein Saxophon. Aha, also ein Musiker. Er nahm sich ein Heft aus dem Koffer, dabei seufzte er laut auf. Dann ließ er sich in die Polster sinken. Einen Augenblick hatte sie Angst um ihr Sofa, dem sein Gewicht den Gnadenstoß zu versetzen drohte. Aber während sie besorgt die Luft anhielt, war außer einem leisen Knarren der Federn nichts zu hören. Offenbar hielt das Sofa den Ausmaßen des Mannes stand, es ging auch bei äußersten Belastungen nicht in die Knie. Sie lächelte bei dem Gedanken und der Mann klappte seinen Koffer zu. Dann schaute er interessiert in die Karte und da er offensichtlich ein entscheidungsfreudiger Mensch war, sauste seine Hand in die Höhe und er schickte ein aufmunterndes Lächeln in ihre Richtung. Als sie sich auf seinen Tisch zubewegte, klappte er die Speisekarte zu und lehnte sich genüsslich zurück.

Als sie seinen Tisch erreicht hatte, strahlte er sie pausbäckig an und ließ wieder diese großen Zähne aufblitzen. Der Herr bestellte einen Salat „Nizza" und eine Cola light. Dann wendete er sich wieder seinen Noten zu. Während sie noch dachte, dass er nun wirklich nicht der Salat-Typ war, kramte er in seiner Tasche und holte eine zusammen-gedrückte Tüte Gummibärchen hervor. Gleich darauf hatte er sich auch schon mehrere der Bärchen einverleibt. Sie beeilte sich auf dem Weg zurück in die Küche und nahm sich vor, den Salat schneller als sonst zuzubereiten. Wer weiß, vielleicht war sie schneller als der Mann die Gummibärchen vertilgen konnte? Ein Blick zurück über ihre Schulter ließ wenig Hoffnung aufkommen. Der Mann kaute schneller, als sie laufen konnte. Er schien hungrig zu sein. Und da hatte sie wirklich Recht. Der Mann hatte Hunger.

Da musste er auch schon wieder seufzen. Immer hatte er solchen Hunger. Und *so* konnte man auch nicht abnehmen. Er war ja schließlich groß, 1,90 Meter. Da musste man auch immer viel essen, das hatte er von klein auf gelernt. Seine Mutter hatte ihm schon immer viel zu essen gegeben. Was für ein Glück, sonst wäre er sicher kleiner geraten. Allerdings verstand er nicht, warum er nicht trotzdem langsam mal etwas dünner wurde, bei dem ganzen Salat den er aß. Gedankenverloren schob er sich schnell noch eine Hand voll Gummibärchen in den Mund. Aber das bisschen Weingummi würde sicher nicht schaden. Bei seiner Größe! Da verteilte sich doch jedes Gramm im Nu. Nicht so wie bei seiner Frau. Die musste ständig auf alles achten, was sie aß. So klein wie sie war, brauchte man sich da wirklich nicht drüber zu wundern. Jedes Pfund, dass sie zunahm, konnte man sehen! Allerdings nahm sie nie zu. Seit Jahren war sie rank und schlank. Und immer achtete sie beim Essen auf alles! Wenn er immer so auf sich hätte achten sollen. Er schüttelte in Gedanken den Kopf. Das ging ja gar nicht, bei dem Leben was er führte. Er war ja schließlich nicht irgendjemand. Er war Musiker! Und letztendlich war es harte Arbeit, wenn man davon leben wollte. Sein Tag war voll mit Aufgaben, die erledigt werden mussten. Wie hätte er da noch Zeit finden sollen, sich um die eigene Ernährung zu sorgen? Da gab es ja nicht nur die Saxophonschüler, die er betreuen musste. Er hatte ja auch noch die ganzen Auftritte, für die er schließlich gutes Geld kassierte. Da war es ja wohl egal, ob er Marsch- oder Karnevalsmusik spielen musste. Hauptsache die Kasse stimmte und außerdem, wer weiß: Vielleicht entdeckte ihn ja irgendwer auf einer dieser Veranstaltungen? Das konnte doch passieren! Da konnte sich seine Frau noch so sehr darüber beschweren, dass er nie zu Hause war. Es war ja nicht nur sein Drang auf der Bühne zu stehen, irgendwoher musste das Geld ja kommen von dem sie ihre Botoxbehandlung, die Maniküre und den ganzen anderen Luxuskram bezahlte.

Ganz tief in seinem Inneren war er sich sicher: Irgendwann würde auch er für die ganze Arbeit entlohnt werden. Wenn er erst mal berühmt war und seine CDs den Einzelhandel erobert haben würden, dann würde er für alles entschädigt werden. Kurz hielt er bei diesem wunderbaren Gedanken inne, lehnte sich genießerisch in das Polster und genoss seine Fantasien: Berühmt sein! Umjubelt werden! Alle würden zu ihm aufschauen, er wäre schön und schlank… ja, das würde fantastisch werden. Sicher war der Durchbruch schon ganz nah. Er konnte es beinahe spüren! Sicherlich dauerte es nicht mehr lange und er würde endlich entdeckt werden. Und dann konnte er sich endlich seiner wirklichen Bestimmung zuwenden. Und die war sicherlich nicht Ehemann und Musiklehrer zu sein. Da sah er sich schon eher als Star am Saxophonhimmel. Er wusste auch wirklich nicht, warum sein Vater ihm deswegen eine Standpauke in Bezug auf „Selbstverliebtheit" gehalten hatte. Was wusste der schon, seine Mutter war da viel verständnisvoller gewesen. Wie sehr er seine Mutter nach ihrem Tod vermisste. Er konnte sich genau vorstellen, wie die Frauen ihm zu Füßen liegen würden. Robbie Williams wäre ein Witz gegen ihn. Endlich könnte er sich dann die Frauen aussuchen, die er wirklich wollte. Dann würde es sicher auch wieder in der Abteilung seines Körpers klappen, mit der er momentan so unangenehme Schwierigkeiten hatte. Das laute Lachen eines Gastes holte ihn aus seinen Träumen und er schlug die Augen wieder auf. Da war sie die Realität und holte ihn auf das rote Sofa zurück. Dass seine Männlichkeit momentan nicht so wollte wie er, lag aber nicht an ihm, da war er sich ganz sicher. Seine Frau war schuld daran. Wie an so vielem anderen auch. Sie war eben nur eine Frau zum Heiraten, aber nicht eine Frau, die ihrem Mann die wirklichen Bedürfnisse erfüllen konnte. Eigentlich war sie das auch noch nie gewesen. Aber das hatte er einfach zu spät bemerkt. Da hatte er schon „Ja" gesagt und alles war vorbei gewesen. Was er wirklich von einer Frau wollte, das konnte sie ihm gar nicht bieten. Denn schließlich wusste er ja, genau genommen, selbst auch nicht genau, was er bei einer Frau suchte. Klar war ihm hingegen was er nicht wollte. Seine Frau! Er war damals einfach viel zu jung für eine Heirat gewesen. Hätte er doch nur auf seine Mama gehört. Aber, was soll's, bald würde das alles ein Ende haben. Er würde berühmt werden. Sicherlich schon ganz bald.

Schneller als gedacht sah er die Bedienung an seinen Tisch kommen. Sie trug seinen Salat und einen Korb mit Brot vor sich her. Schnell räumte er die leere Tüte Gummi-bärchen (hatte er die jetzt alle gegessen?) beiseite und die Noten landeten neben ihm auf dem Sofa. Als der Salat vor seiner Nase stand, stellte er das Glas Cola direkt daneben, um ein Foto zu machen, das er schnell mit dem Handy an seine kleine neue Freundin verschickte. Da würde sie mal sehen können, wie gesund er sich ernährte. Bald würde er Gazellen gleich des Weges kommen. Das hatte er ihr versprochen. Ja, die Kleine war genau nach seinem Geschmack! Sicherlich würde sie ihm die kommenden Monate ein wenig versüßen, wenn er es geschickt anstellte. Er war sich sicher, dass seine Männlichkeit dann auch wieder auf Hochtouren laufen würde.

Er machte sich über seinen Salat her. Während er kaute, musste er an das letzte Zusammentreffen mit der Kleinen denken. So richtig in Hochform war er da allerdings nicht gewesen. Aber das waren eben ein paar kleine Startschwierigkeiten, die wohl jeder Mal hatte. Das konnte doch mal passieren. Sie hatte dazu auch gar nicht viel gesagt. Wenn er jetzt in Ruhe darüber nachdachte, fiel ihm auf, dass sie sowieso sehr wenig an diesem Abend gesagt hatte. Oder war er wieder eingenickt? Mehr als ein paar Minuten? Nein, das hätte er doch gemerkt. So was würde ihm doch nicht passieren. Außerdem hatte er es ihr auch genau erklärt: Die viele Arbeit, zu wenig Schlaf. Schließlich kam er keine Nacht mehr als vier Stunden zur Ruhe. Immer diese Auftritte in den verschiedenen Musikclubs und dann noch die viele Arbeit am Tag. Da konnte man auch schon mal kraftlos werden. Und die Kleine hatte sehr verständnisvoll reagiert. Nicht geschimpft oder gemeckert. Eigentlich hatte sie ihn nur angeschaut und dann…, ja was dann? Ihm fehlte die Erinnerung. Bestimmt war er doch wieder eingenickt.

Was er der Kleinen nicht erzählt hatte war, dass er auch im Haushalt für alles Mögliche von seiner Frau eingespannt wurde. Er seufzte. Das musste sich ändern. Sie wusch schon lange nicht mehr seine Wäsche. Einkaufen musste er ebenfalls und für Garten und Auto hatte sie sich noch nie zuständig gefühlt. Wenn ihr Tank leer war, dann legte sie ihm einen Zettel auf den Küchentisch und er musste zur Tankstelle fahren, damit ihr Auto betankt wurde. Wenn er richtig darüber nachdachte: Um was kümmerte sie sich eigentlich? Das musste endlich anders werden! Vielleicht konnte er ja wenigstens bei der Kleinen ein wenig von seiner Wäsche waschen lassen? Das würde ihr sicher nichts ausmachen. Er würde sie mal fragen, wenn er sie das nächste Mal besuchte. Außerdem konnte die Kleine froh sein, dass er überhaupt noch Zeit für sie fand. Auch wenn er das eine oder andere Mal bei ihren letzten Treffen sofort auf dem Sofa eingeschlafen war. Wenigstens konnte sie ihm beim Schlafen zusehen. Das war ja schon mal etwas. Vielleicht konnte sie ja wirklich beim nächsten Mal einfach seine Wäsche durchwaschen, wenn er wieder mal einschlafen sollte. Dann hatte sie wenigstens etwas von ihm.

Während er ein Blatt Salat herunter schluckte, wanderten seine Erinnerungen zum letzten Treffen mit der Kleinen. Da hatte sie ihn spät in der Nacht sogar wecken müssen, um ihn nach Hause zu schicken. Ganz entspannt hatte sie sich vor ihm aufgebaut und ihn nach Hause geschickt, damit er nicht zu spät zu seiner Frau kam. Er sah sie noch vor sich, wie sie in ihrem Bademantel mit verschränkten Armen vor ihm gestanden hatte und ihn bei dem

Unterfangen beobachtete, wie er mühsam versuchte seine Füße in die Socken zu stecken. Beim Anziehen war sein Bauch wirklich eine Plage und viel zu sehr im Weg. Und das Socken anziehen war eine ganz besondere Herausforderung, weil es schwierig war. Er musste schließlich blind arbeiten. Sein Bauch verdeckte die Sicht auf seine Füße. Eigentlich klappte es nur noch mit einer ganz bestimmten Technik: Erst musste er den große Zeh in das Bündchen geschoben bekommen, dann die Luft anhalten und mit Schwung und Körpereinsatz den restlichen Fuß in die Strumpf schieben. Als sie da so vor ihm stand, hatte er seinen Bauch wirklich verflucht! Und warum musste sie die ganze Zeit daneben stehen und ihn dabei beobachten? Er war froh, dass er nur zwei Füße hatte. Keine Miene hatte sie verzogen. Auf keine seiner Witze reagiert. Nur wie angewurzelt da gestanden und ihn nicht aus den Augen gelassen. Überhaupt: Er hatte im Nachhinein nicht verstanden, warum sie ihn mitten in der Nacht wecken musste, um ihn nach Hause zu schicken. Schließlich hätte er doch bis morgens bei ihr bleiben können. Seine Frau war doch bei ihren Eltern gewesen. Sie hatten sich doch schon lange auf dieses freie Wochenende gefreut und dann kam diese völlig sinnlose Weckaktion seiner Kleinen mitten in der Nacht. Naja, bestimmt hatte sie es vergessen. Er war jedenfalls in der Nacht zu müde gewesen, um daran zu denken. Erst als er im Auto auf dem Nachhauseweg war, da fiel es ihm wieder ein. Schnell hatte er ihr direkt vom Auto aus noch eine Nachricht geschickt, aber bestimmt hatte sie da schon geschlafen. Sie hatte nicht mehr geantwortet. Bis jetzt nicht. Als er genauer darüber nachdachte, wunderte ihn das sehr.

In einer halben Stunde hatte er den nächsten Schüler, er musste sich wirklich ran halten. Schnell nahm er das letzte Stück Brot und wischte damit das Dressing vom Teller. Dabei tropfte ihm etwas Soße auf sein Shirt. Direkt neben den Fleck, den er schon vor drei Tagen mit der Tomatensoße gemacht hatte. Da war er beim Italiener gewesen und hatte der Lasagne einfach nicht widerstehen können. Mist, heute Nacht würde er nun auch noch seine Wäsche waschen müssen. Er hatte einfach nichts mehr zum Anziehen im Schrank. Und das lag wiederum nicht nur daran, dass er so selten zum Waschen kam. Er war auch aus vielen seiner Hosen und Shirts einfach raus gewachsen. Dabei: Eigentlich müsste er bei dem ganzen Salat doch schon ganz dünn sein. Er verstand das alles nicht und schaute auf sein Handy. Keine Antwort von der Kleinen. Das war komisch, sonst schrieb sie eigentlich prompt zurück.

Also wenn er mal Zeit hatte, würde er genauer darüber nachdenken. Jetzt stand jedoch ein Blick in die Noten an, denn schließlich musste er sich wenigstens ein bisschen auf den Auftritt heute Abend im Jazzkeller vorbereiten. Als er gerade die Noten aufgeschlagen hatte, wurde er durch den Klingelton seines Handys aus den Gedanken gerissen. Das würde sicher seine Kleine sein, aber als er auf das Display schaute, verschwand sein Lächeln. Es war zwar eine Frau, aber es war leider nur *seine* Frau. Immer wenn sie anrief, hatte er hinterher wieder zusätzliche Arbeit. Mehr Arbeit, als er bereit war zu leisten. Er schluckte, verzog das Gesicht und überlegte, ob er vielleicht einfach nicht rangehen sollte. Aber er verwarf den Gedanken sofort wieder. Er kannte seine Frau. Wenn er nicht ans Telefon ging, dann rief sie immer wieder an. Sie gab einfach nicht auf. Also seufzte er erneut und nahm das Gespräch an.

Die Bedienung hatte das Klingeln ebenfalls gehört und wartete, dass dieser Mann endlich das Gespräch annehmen würde, anstatt nur auf sein Handy zu starren. So schwer konnte das doch nicht sein. Sie beobachtete, wie er schließlich zögernd das Handy an sein Ohr hielt. Und dann fragte sie sich, warum manche Menschen es nicht schafften leiser zu sprechen. Sobald sie einen Hörer am Ohr hatten, zwang sie eine innere Stimme dazu, in den Hörer zu schreien. Es gab wirklich keine Möglichkeit dem Mithören seines Telefonats zu entkommen. Wie schade! Aber so wie sie die Lage einschätzte, war ihm das nicht bewusst. Es schien so, als würde er sich nur um sich selbst in seiner kleinen Welt drehen, so wie bei diesen Spieluhren, bei denen die Tänzerin sich immer um die eigene Achse drehte. Dabei war er ihr anfangs fast sympathisch gewesen. Wie schnell sich doch die Meinung, die man sich über einen Menschen gebildet hatte, ändern konnte. Sie fand das immer wieder faszinierend. War es doch nicht das erste Mal, dass ihr das passierte. Aber egal welche Gedanken sie noch hätte fassen können: Sie und alle anderen im Café waren gezwungen mit anzuhören, was er zu sagen hatte:

«Ja, das weiß ich doch… hhm… hhmm… aber ja! Ich weiß, dass ich noch Windeln kaufen muss. Was? Welche Größe? Ja sicher weiß ich welche Größe! Mensch Carola, er ist doch noch klein, die Größe, die er immer hat. Ja, Carola. Ich weiß, dass er mittlerweile ein Jahr alt ist und er die größeren Windeln braucht.»

Die Stille, die nun folgte, war wohl dem Redeschwall Carolas geschuldet. Er versuchte hin und wieder in das Gespräch einzusteigen, wurde aber deutlich hörbar immer wieder von seiner Gesprächs-partnerin ausgebremst. Aber dann hatte er doch eine Möglichkeit gefunden etwas zu sagen und es war von ihm zu hören: «Mensch Carola, das war doch ein Versehen, dass ich die ganz kleinen Windeln mitgebracht habe. Wie oft willst du mir das denn noch vorwerfen? Nein, ich kümmere mich auch um euch, nicht nur um mich!» Wieder entstand eine kleine Pause, in der er nicht zu Wort kam. Dann sagte er: «Ja, habe ich verstanden. Marke und Größe sind klar.» Wieder wurde es kurz still bevor er tief Luft holte und sagte: «Ach, also, ich komme erst später nach Hause.» Die Besitzerin des Cafés beobachtete ihren telefonierenden Gast und hätte schwören können, dass er den Kopf ein wenig einzog. Auch jetzt schien besagte Carola ihm ordentlich viel Text durch den Hörer zu schicken. Als er endlich wieder zu Wort kam, sagte er: «Du weißt ganz genau, dass ich mir das nicht aussuchen kann. Ich muss halt spielen, wenn sich mir die Möglichkeit bietet. Von irgendwas muss ich ja deine Cremes und deine Klunkern bezahlen, also hör auf mich zu gängeln.» In einem sanfteren Ton fuhr er fort: «Du weißt doch genau, dass ich das alles nur für uns und den Kleinen mache.» In der Stille, die nun folgte, wurde er puterrot und als er antwortete, war er noch um einige Nuancen lauter als zuvor: «Nein, ich bin nicht „bühnengeil" und eine Freundin habe ich auch nicht. Verdammt Carola, das hatten wir doch schon hundert Mal. Ich weiß, dass ich dann gehen kann und du die Schlösser austauschst. Hör doch bitte auf damit.» Dann war die Leitung still. Ein guter Zeitpunkt, um seinen Tisch abzuräumen. Als sie auf dem Weg zu ihm war, schaute sie in sein Gesicht und war sich plötzlich sicher, dass er zu der Sorte Mann gehörte, die man besser nicht zum eigenen Freundeskreis zählen mochte. Sicherlich hatte der doch eine Freundin. Da war so ein Ton in seiner Stimme und etwas Verschlagenes in seinem Blick. Der gehörte zu der untreuen Sorte, da war sie sich ganz sicher. Wobei sie sich dann sofort fragte, wer den denn freiwillig nehmen würde. Welche Frau wollte denn so einen Mann? Sie schüttelte über sich selbst den Kopf, schließlich hatte sie ihn auf den ersten Blick ja auch fast sympathisch gefunden. Wie war das nur möglich gewesen? Jetzt wo sie ihn genauer betrachtete, erschien ihr das wirklich unfassbar und das hatte überhaupt nichts mit seiner massigen Gestalt zu tun, sondern ausschließlich mit seinem Benehmen. Dieser Mann war ein Blender wie er im Buche stand.

Während sie alles auf ihr Tablett packte, rutschte er auf dem Sofa hin und her und fragte, ob sie denn auch Kuchen anzubieten hätte. Sie zauberte ihr förmlichstes Lächeln ins Gesicht und zeigte auf das Kuchenbuffet: «Bitte suchen sie sich ein Stück aus. Ich bringe es ihnen dann an den Tisch.» Er strahlte sie an und sagte: «Kann man sich hier auch noch was anderes aussuchen?» Bevor sie auch nur Luft holen konnte, lachte er laut dröhnend und machte eine abwinkende Handbewegung, als er ihren sparsamen Gesichtsausdruck sah. «Entschuldigung, das war nur ein Scherz, ich gehe und schau mal nach dem Kuchen.» Er hievte sich mit großer Mühe vom Sofa und machte sich auf den Weg zur Kuchenauslage. Sie folgte ihm und als sie ihn erreicht hatte, musste sie sich mit Mühe an ihm vorbei quetschen. Er hatte mit seiner Gestalt den

Eingang zur Küche versperrt. Schnell hatte er seine Kuchenwahl beendet, denn er sagte: «Ich hätte gerne ein Stück von dem Käsekuchen und dann bitte noch einen Schoko-Muffin.» Dann war er auch schon auf dem Rückweg zu seinem Tisch und sie hörte erneut das Stöhnen der Sofafedern, als er sich in den Sitz fallen ließ.

Was war das nur für ein Typ, eigentlich ganz schön schmierig, wenn sie sich das recht überlegte. Mit seinen Flecken auf dem Shirt und dieser fiesen Art. Wenn diese Carola seine Frau war, dann konnte sie einem wirklich mehr als leidtun. Und wenn er tatsächlich eine Freundin hatte, war sie hoffentlich schnell genug, ihn rechtzeitig abzuservieren. Was es für Männer gab, war doch wirklich unglaublich. Ob es noch was anderes zum Aussuchen gäbe! Was glaubte der denn wo er hier war? Während sie schnell die Spülmaschine belud, schossen ihr mehrere unfreundliche Gedanken durch den Kopf. Der Netteste daran war: Was für ein Idiot! Sie atmete tief aus und wieder ein. Dann richtete sie ihm den Kuchen auf einen Teller an und dachte auf dem Weg zu seinem Tisch, dass sie gerne auf ihn als Gast in Zukunft verzichten würde. Er brauchte wirklich nicht wieder kommen. Ansehen konnte man ihr diese Gedanken allerdings nicht. Mit ihrem strahlenden Lächeln servierte sie seinen Kuchen und schaffte es sogar, ihm einen guten Appetit zu wünschen.

Nachdem er ihr zuschaute, wie sie sich von seinem Tisch entfernte, dachte er: Tolle Frau! Wenn auch ein bisschen zu alt für ihn. Aber er glaubte da doch einen Funken Interesse in ihren Augen gesehen zu haben. Da war so ein kleines Blitzen gewesen, sicher hatte er das in ihr ausgelöst. Bestimmt fand sie ihn interessant. Er hatte einfach einen Blick für so was. Vielleicht sollte er hier seinen Kaffee häufiger trinken? Das war sicher eine gute Idee. Wer weiß, was sich da noch so alles entwickeln konnte? Bestimmt hatte er Chancen! Musiker hatten ja immer Chancen, daran glaubte er fest. Und wenn er erst mal berühmt war… und schlank….

Er musste sich mit dem Kuchen essen beeilen. Jetzt war er wirklich spät dran. Schnell schaute er auf sein Handy. Die Kleine hatte sich noch immer nicht gemeldet. Das fand er äußerst seltsam. Den ganzen Tag hatte sie noch nichts von sich hören lassen. Hhmm… was das wohl wieder zu bedeuten hatte? Verstehe einer die Frauen! Während er in Nullkommanichts seinen Kuchen verspeist hatte, versuchte er sich noch ein wenig in die Noten zu vertiefen, aber ein weiterer Blick auf die Uhr zeigte ihm, dass dafür wirklich keine Zeit mehr blieb. Sein nächster Schüler wartete und er musste sich mehr als beeilen. So schnell es ging, schaffte er seinen massigen Körper aus dem Sofa, bezahlte und machte sich auf den Weg zum Ausgang. Die Tür fiel hinter ihm ins Schloss und die Bedienung atmete auf. Noch so ein Gast über dessen Verschwinden sie mehr als erfreut war. Der brauchte wirklich nicht wieder kommen.

Nachdem sie alles weggeräumt hatte, spürte sie, dass es Zeit wurde, ebenfalls etwas zu essen. Schließlich war die Mittagszeit längst vorbei und ihr Hunger mittlerweile recht groß. Sie entschied sich auch für einen Salat. Das tat sie während der Arbeit fast immer. Falls sie mal wieder beim Essen unterbrochen werden würde, konnte es wenigstens nicht kalt werden. Dass sie bei der Arbeit häufig beim Essen gestört wurde, das war nun mal nicht anders zu erwarten und machte ihr nichts aus. Schließlich liebte sie ihre Arbeit und vor allem ihr Café. Da waren unterbrochene Mahlzeiten leicht zu verkraften.

Kapitel 7: Verborgen

Sie betrat das Café und war froh der Kälte zu entkommen. Einen dickeren Mantel zu tragen, wäre clever gewesen. Aber dafür hätte sie bedenken müssen, dass sie heute länger an der frischen Luft unterwegs sein würde. Grundsätzlich fiel das Denken in letzter Zeit schwer und heute wollte es gar nicht gelingen. Das rote Sofa lud zum Hinsetzen ein, was sie schließlich auch tat. Ihre Jacke legte sie direkt neben sich und rieb sich die Hände, um sie zu wärmen. Sie schaute der freundlichen Bedienung entgegen. Essen wollte sie nichts, sie konnte einfach nichts herunter bringen. Auch so etwas, was ihr in den letzten Wochen schwer gefallen war: Das Essen. Ihr Magen drehte bei Aufregung durch und stellte die Arbeit ein. Aber für einen warmen Tee war ihr Magen zu begeistern und sie bestellte eine große Tasse. Ein Blick auf die Uhr verriet ihr, dass sie wirklich noch viel Zeit hatte. Erst in zwei Stunden würde sie ihn im Park am Spielplatz treffen. Bis dahin war es noch eine Weile. Zeit, endlich die Stadt zu erkunden, um zu sehen, was sich verändert hatte, seit sie das letzte Mal hier gewesen war. Zeit, um in Ruhe einige Fotos zu machen. Zeit, um in Ruhe einen Tee zu trinken. Zeit zum

Nachdenken. Wollte sie nachdenken? Ihren Erinnerungen nachhängen? Eigentlich nicht. Eigentlich war sie gekommen, damit sie damit aufhören konnte. Sie wollte nicht mehr nachdenken und immer wieder zum gleichen Schluss kommen, dass es letztendlich zu nichts führte. Nur zu neuen Fragezeichen, die sich in ihrem Kopf breit machten, größer wurden und wieder den Platz einnahmen, den sie eigentlich für die guten Gedanken gebraucht hätte. Sie hatte beschlossen, dass das in Zukunft anders werden sollte. Endlich mit allem Aufräumen, das war ihr fester Vorsatz gewesen, als sie sich zu diesem Treffen entschieden hatte. Endlich den Kopf wieder frei bekommen, das war ihr großer Wunsch. In den letzten drei Jahren war ihr das nicht gelungen. Obwohl sie sich viel Mühe gegeben hatte, Vergangenes aus dem Gedächtnis zu löschen. Dabei wollte sie es gar nicht richtig loswerden. Es sollte nur nicht mehr uferlos jeden freien Fleck in ihrem Leben einnehmen. Aber wenn sie es schaffen würde, dieses wirre Gedankenpäckchen in einer Ecke zu platzieren, fest verschnürt, dann würde es sich in ihr nicht so sehr ausbreiten können. Dann wäre endlich wieder Raum für Neues. Es konnte doch nicht sein, dass ein einziger Tag so schwere

Folgen haben konnte? Aber ihr gegenwärtiges Leben zeigte ihr gerade eine lange Nase und sagte ihr, dass genau das doch passieren konnte. Ihre letzten drei Jahre waren geprägt gewesen von diesem einen Nachmittag. Ein Tag mit ihm hatte ausgereicht, um alles in Frage zu stellen. Obwohl es der Tag allein nicht gewesen war. Sein Verhalten danach hatte auch viel dazu beigetragen, dass sie heute so war, wie sie war. Eigentlich musste man es gar nicht Verhalten, sondern eher Nicht-Verhalten nennen. Denn er hatte sich gar nicht *irgendwie* verhalten. Weder gut noch schlecht. Er war gegangen. Das war ganz einfach. Er hatte sich aus ihrem Leben gelöscht. Einfach so. So schnell wie er nach 25 Jahren aufgetaucht war, so schnell war er auch wieder verschwunden. Als hätte er nie existiert. Bei dem Gedanken an das, was er damit bei ihr ausgelöst hatte, drehte sich ihr wieder der Magen um. Vorsichtig nippte sie an dem heißen Tee. Dabei hatte alles so harmlos angefangen. Damals vor drei Jahren, als sie sich das erste Mal trafen. Das erste Mal nach 25 Jahren trafen sie sich wieder.

Erkannt hatte sie ihn gleich. Es war die Art wie er dagestanden und gewartet hatte. So hatte er schon früher auf der Stelle getreten, wenn er auf sie gewartet hatte. Sie hatte damals lächeln müssen. Er tat es also immer noch und sie hatte sich kurz gefragt, was wohl noch alles beim Alten geblieben war. Sie war auf ihn zugegangen, aber er war so in Gedanken versunken gewesen, dass er sie nicht hatte kommen sehen.

Wie viele Gedanken kann ein Kopf gleichzeitig denken? So viele wie an diesem Morgen stritten sich selten in ihrem Kopf um einen Platz. Da waren es schon so viele lose Enden gewesen, unmöglich daraus auf die Schnelle ein Knäuel zu wickeln. Wenn sie damals gewusst hätte, dass das nur der Anfang des Kopfchaos gewesen war, was ihr bis heute das Hirn verstopfte, sie hätte vielleicht auf dem Absatz kehrt gemacht und wäre geflohen. Wäre das besser gewesen? Sicher nicht, denn dann wäre sie heute nicht da, wo sie war. Aber wer wusste schon immer was gut oder besser gewesen wäre?

Bevor sie sich wieder sahen, hatte sie sich immer an den Jungen erinnert, in den sie sich damals verliebt hatte. Der Junge, der mit vierzehn Jahren nichts anderes als Polohemden in den verschiedensten Blautönen und Bundfaltenjeans getragen hatte. Damals ließ er keine anderen Kleidungsstücke an sich heran. Die Hosenlänge variierte nur. Im Sommer wurden die Hosenbeine kürzer, aber die Bundfalten blieben. So trug man es eben in der 80igern. Wenn sie ihn sich jetzt vorstellte, dann trug er noch immer Polohemden. Aber ob das auch stimmte? Wohl eher nicht. Es waren 25 Jahre vergangen. Es änderte sich so vieles – aber auch die Vorliebe für Polohemden?

Je näher sie an ihn heran kam, damals vor drei Jahren, desto sinnloser erschien ihr dieses Treffen nach so langer Zeit. Warum trafen sie sich eigentlich wieder? Sie hatten doch schon zu Schulzeiten beschlossen, dass sie sich nichts mehr zu sagen hatten. Er war zwar ihre erste große Liebe gewesen, aber dass sie damals getrennte Wege gegangen waren, war doch unausweichlich gewesen und nur weil 25 Jahre vergangen waren, meinte man sich doch noch sehen zu müssen? Ein loses Gedankenende in ihrem Kopf hatte entschieden protestiert, während sie ihm immer näher kam und er immer noch auf der Stelle trat, ohne sie entdeckt zu haben. Es war immer gut zu lieben Menschen den Kontakt zu suchen. Und ein lieber guter Mensch war er. Davon war sie damals überzeugt. Und auch wenn sie im Laufe ihres Lebens gelernt hatte, nicht an das

Gute im Menschen an sich zu glauben, so war sie nicht bereit zu akzeptieren, dass es keine guten Menschen gab. Zu denen zählte sie ihn, seit sie ihn kannte. Er gehörte zu den Guten, solche Dinge änderten sich auch nicht in 100 Jahren.

Selbst nach allem was er getan oder auch nicht getan hatte, war sie sich sicher, dass er nicht zu den Bösen gehörte. Auch wenn sie das gerne in den letzten drei Jahren geglaubt hätte. Er war im Kern gut und hatte seine Gründe sich so zu verhalten, ihr weh zu tun. Das machte es nicht wirklich besser für sie. Gerne hätte sie das Gegenteil geglaubt. Es hätte alles vereinfacht. So musste sie immer wieder über ihn nachdenken. Wie gern hätte sie seine Gründe für all das verstanden, dann hätte sie mit allem besser fertig werden können. Heute würde sie das ändern. Alle losen Enden in ihrem Kopf würden heute verknotet werden. Ein freier Kopf würde dann zulassen, dass Neues in ihrem Leben Platz finden konnte. In ein paar Stunden würde sie ihn treffen. Es war wirklich an der Zeit alles zu klären.

Ihre Hände waren noch immer kalt und sie hielt die Tasse mit beiden Händen. Sie saß zwar im Café im Hier und Jetzt, aber ihre

Gedanken waren wieder an dem Punkt, wo
sie vor drei Jahren kurz davor waren sich das
erste Mal wieder zu sehen. In seinen Mails
hatte er so vertraut geklungen, sie hatten
sich einfach wieder sehen müssen. Aber als
sie ihn da so stehen sah, nur noch 20 Schritte
von ihr entfernt und er hatte sie noch immer
nicht entdeckt, da hatten sich Zweifel in ihr
aufgebäumt. Was würde das mit ihnen tun?
Eine leise Ahnung beschlich sie damals, dass
es eventuell ihr ganzes Leben auf den Kopf
stellen würde. Sie ignorierte alle Zweifel und
schritt energisch auf ihn zu.

Sie betrachtete ihn von weitem und konnte
ihn von der Seite erkennen. Sein Profil war
noch immer das Gleiche. Wie sehr sie das als
Jugendliche geliebt hatte. Die Nase, die
vollen Lippen, das energische, etwas
hervorstehende Kinn. Schön, dass manches
einfach immer gleich blieb. Sie hätte ihn
überall wieder erkannt. Seine Haare waren
zwar grau geworden, aber alles andere war
so geblieben, wie sie es in Erinnerung hatte.
So wie früher. Dann war sie nur noch zehn
Schritte von ihm entfernt gewesen. Als er
sich zu ihr drehte und sie anschaute, waren
es nur noch wenige Schritte gewesen, die sie
voneinander getrennt hatten. Sein Lächeln
war, wie es schon immer gewesen war, es

kam von Herzen und leuchtete in einen hinein. Dieses Lächeln, das die Augen leuchten lässt und für das man einen Mund nicht brauchte. Er hatte sie fest in die Arme genommen und sich sichtlich genauso über die Begegnung gefreut wie sie.

In ihrer Erinnerung war das gemeinsame Frühstück einfach dahingeflogen. Es war so einfach gewesen mit ihm zu lachen. Es war, als hätte man ein verloren gegangenes Stück vom eigenen Selbst wieder gefunden. Sie hatte es gar nicht so sehr vermisst, das verloren gegangene Stück. Aber jetzt wo es wieder da war, da konnte man sich nicht vorstellen, wie es all die Jahre hatte ohne gehen können. Sie hatten sich so viel zu erzählen gehabt. Beim Frühstück hatte sie ihn nicht aus den Augen lassen können. Er erzählte noch genau so, wie er es früher schon immer getan hatte. Sie hatte das immer schon geliebt. Daran hat sich offenbar nichts geändert. Auch nicht das Gefühl, dass sie sich in seiner Nähe gut fühlte.

Sie hatte versucht in seinem Gesicht zu lesen, etwas über seine Gefühle zu erfahren. Es war ihr nicht gelungen. Sie wusste noch, wie sie sich damals daran erinnerte, dass sie auch da dachte: Wie früher! Nie wusste man, was sich hinter diesem Lachen an Gefühlen verbarg. Er behielt immer alles für sich. Wobei sie als Mädchen von vierzehn Jahren nicht wirklich verstanden hatte, was das alles bedeutete. Aber dass sie nicht immer bis zu ihm durchdringen konnte, das hatte sie damals schon gespürt. Bei dem Frühstück vor drei Jahren war es ihr ähnlich ergangen.

Welche Gedanken kreisten in seinem Kopf? Schöne? Versank er genau wie sie in einem See voller Erinnerungen. Was war dieses Treffen für ihn? Eine Begegnung mit der ersten Liebe? Ein Wiedersehen mit der Frau, der er als Mädchen den ersten Kuss geschenkt hatte. Sie wusste es nicht und in ihrem Kopf fingen damals schon die Gedanken an, sich zu verheddern. Sein Gesicht war kein offenes Buch. Er war keine fünfzehn mehr und hatte im Laufe seines Lebens gelernt, seine Maske zu per- fektionieren. Sie hatte an diesem Morgen sehr gehofft, dass es möglich war, ihre Gefühle vor ihm zu verbergen. Sie hatte tatsächlich befürchtet, dass er ihr Herz hüpfen hörte.

Ihr Tee war fast alle. Sie saß auf dem roten Sofa im Café. Immer noch in Gedanken sehr weit weg. An diesem besonderen Frühstück vor drei Jahren hatten sie natürlich darüber geredet, wie es in ihrem Leben verlaufen war. Er hatte eine Frau, zwei Kinder und eine Karriere in einem Versicherungsunternehmen. Sie war Architektin. Auch verheiratet, mit zwei wunderbaren Kindern. Sie erzählten von der Ehe und vom Leben, dass sie bis jetzt geführt hatten. Auch jetzt, obwohl sie schon so oft daran gedacht hatte, konnte sie nicht sagen, was die Wendung bei diesem Frühstück bewirkt hatte. Gerade eben hatten sie noch von Freundschaft gesprochen und dass es schon etwas Besonderes war, wenn man sich nach so vielen Jahren begegnete und sich immer noch (oder wieder?) so gut verstand.

Aber dann hatte er seine Hand auf ihre Hand gelegt. Ihre Blicke trafen sich und sie hatten beide gewusst, dass das alles falsch war. Es gab zwischen ihnen keine Freundschaft. Es gab etwas anderes, tieferes. In seinem Blick konnte sie sehen, dass sein Herz ebenso hüpfte wie ihres. Und sie begrub die Hoffnung, dass sie ihrem Herzen sagen konnte, dass es sich bitte am Riemen zu reißen hatte. Es würde nicht zuhören. Immer hörte ihr Herz nicht zu, wenn es nötig war. Und als sie ihn ansah, erkannte sie, dass auf ihn und seinen Verstand heute auch kein

Verlass sein würde. Auch wenn sein Kopf immer schon besser gearbeitet hatte, als sein Gefühl: *Das* hatte sich dann in den letzten fünfundzwanzig Jahren wohl doch geändert. Sein Herz hatte sich schon mit ihrem verbündet. Sie hatten keine Chance.

Was dann passierte, hatte sich in ihr Gedächtnis gebrannt. Das Frühstück wurde bezahlt und schweigend waren sie Seite an Seite zu seinem Auto gegangen, keinen Zentimeter Raum hatten sie zwischen sich gelassen. In der Tiefgarage hatte er wieder nach ihrer Hand gegriffen und sie erst wieder losgelassen, um die Tür vom Auto zu öffnen. Als sie vor der offenen Tür standen, hatten sie sich geküsst. Das Gefühl kam aus ihrer Erinnerung und war dennoch neu. Es war unmöglich dieses Gefühl mit dem Verstand in Einklang zu bringen. Sie hatte nicht gewusst, wie lange sie sich geküsst hatten. Irgendwann fragte sie ihn, was denn nun werden würde. Sie waren direkt zu einem Hotel gefahren. Ihre Gedanken hatten sich überschlagen, aber sie wusste, dass es so sein musste. Sie musste mit diesem Mann diesen Tag verbringen. Alles andere wäre falsch gewesen. Und obwohl ihr das wirklich viel Kummer bereitet hatte, alles was danach passierte, hatte sie dennoch gewusst, dass es richtig gewesen war. Sie war mit ihm in dieses Hotel gefahren und sie hatten an diesem Tag alles erlebt, was man zu zweit erleben konnte. Es war ein Tag gewesen, den es vielleicht nur einmal im Leben gab. Nicht nur, weil es zwischen ihnen in jeder Hinsicht stimmte. Sie kannte ihn schon ihr ganzes Leben. Wie viele Menschen gab es, von denen man das sagen konnte? Mit ihm hatte sie Stunden erlebt, die sie niemals vergessen würde. Danach hatte er sie fallen gelassen. Sich nie mehr gemeldet. Nein, das stimmte nicht ganz. Da war dieser nichts sagende Geburtstagsgruß von ihm gewesen. Der war fast noch verletzender als das Schweigen, mit dem er sie zuvor gestraft hatte.

Im Schnelldurchlauf erlebte sie, während sie noch immer ihre leere Tasse in der Hand hielt, die Irritation von damals. Die bald von Verzweiflung und letztendlich von tiefer Trauer abgelöst wurde. Das war, als sie endlich begriff, dass sie ihn verloren hatte. Dann kamen Wut und Machtlosigkeit, das verteufelte Zwillingspärchen. Es gab nichts, was sie an diesem Zustand hätte ändern können. Sie hatte keine Chance alldem zu entgehen. Auch wenn sie sich sicher war, dass er genau wie sie empfand, es lag einfach nicht in ihrer Macht, alles gut werden zu lassen. Nicht für sie beide, wenn er das nicht wollte. Und er wollte nicht, das war deutlich. Auch wenn sie das an dem Tag im Hotel nicht für möglich gehalten hätte. Er blieb stumm und hatte sich aus ihrem Leben gelöscht, als hätte es ihn nie gegeben.

Für sie hatte sich damals das Leben verändert. Auch wenn es sehr schmerzhaft für sie gewesen war: Es war der Aufbruch in ein neues und besseres Leben. Ein Leben, das sie schon so lange vor sich her geschoben hatte und aus Angst vor Veränderungen nicht beginnen wollte. Sie hatte damals schmerzlich begriffen, dass sie nicht weiter machen konnte wie bisher. Sie wollte was anderes, endlich die Dinge verändern und das Leben selbst in die Hand nehmen. Nicht mehr von Erwartungen anderer bestimmt werden, sondern wieder sich selber treu werden. Eigentlich hätte sie ihm dankbar sein sollen. Leider hatte es so wehgetan, sie hätte es nicht gekonnt, sich bedanken. Aber in den letzten drei Jahren war vieles anders geworden. Vieles besser, manches schlechter. Insgesamt war sie glücklicher als früher. Sie hatte ihre Ehe beendet, ein Schritt, der seit Jahren überfällig gewesen war. Sie hatte viele Dinge für sich erledigt, die sie schon lange vor sich her geschoben hatte.

Sie hatte sich verändert. Eigentlich hätte es nun gut sein können. Eigentlich, wenn da nur nicht immer wieder die Frage aufgekommen wäre, warum er so reagiert hatte und was sie für ihn gewesen war. Warum hatte er sie nach diesem Tag völlig aus seinem Leben gestrichen? Diese Frage tauchte immer wieder auf. Sie wollte es wissen: Gehörte er wirklich zu den Guten oder hatte sie sich täuschen lassen, wie noch nie zuvor im Leben? Wenn dem so wäre, sie müsste jeden Menschen hinterfragen, der ihr im Laufe des Lebens begegnet war. Sie wollte Klarheit haben und endlich wissen, was seine Gründe gewesen waren. Die Gründe, die ihn dazu gebracht hatten sie aus seinem Leben zu löschen. Natürlich hatte sie einige Ideen dazu entwickelt. Die beste Erklärung für sein Verhalten war, dass er vor sich selbst Angst bekommen hatte und sein Leben hätte ändern müssen, wenn er sich weiter mit ihr getroffen hätte. Die schlimmste Erklärung wäre gewesen, dass er einfach ein gemeiner Mensch war, der das regelmäßig mit den verschiedensten Frauen tat. Sie wollte das nicht glauben. Aber eine klare Meinung bekam sie auch nicht vom ewigen Nachdenken. Sie konnte ohne ihn keine wirkliche Klarheit bekommen. Immer wieder kam sie zum selben Ergebnis: Es musste ein weiteres Treffen geben. Ein Wiedersehen, bei dem er seine Beweggründe würde erklären müssen. Was hatte ihn bewogen sie so zu behandeln? Dabei ging es nicht mehr darum, dass sie von ihm verletzt worden war. Das hatte sie lange verwunden. Wichtig war nur, ob sie sich in ihm als Mensch getäuscht hatte. Konnte sie ihren Gefühlen trauen oder nicht? Darum ging es. Diese Frage würde er heute mit ihr klären müssen.

Sie schaute auf die Uhr. Es waren noch immer fast neunzig Minuten bis zum Treffen. Sie stellte die Tasse ab und gab der Bedienung ein Zeichen. Es dauerte ein wenig, denn während sie in Gedanken versunken in der Vergangenheit verschollen war, hatte sich das Café deutlich sichtbar gefüllt. Es gab kaum noch freie Plätze und der Geräuschpegel war ebenfalls gestiegen. Sie hatte von all dem nichts gemerkt. Erst jetzt. Und obwohl es eigentlich warm im Café war, fröstelte es sie weiterhin. Sie zitterte ein wenig. Die Aufregung ließ sie frieren. Er hatte dem Treffen zugestimmt. Obwohl sie nicht geschrieben hatte, was sie von ihm wollte. Sie hatte den Spielplatz im Park vorgeschlagen und er hatte zugesagt. Einfach so. Keine Frage warum oder was der Grund für ihren Wunsch war. Sie hatte auch damit gerechnet, dass er gar nicht antworten würde. Aber mit wenigen Worten hatte er ihren Vorschlag akzeptiert.

Sie bezahlte ihren Tee und hüllte sich erneut in ihren Mantel. Die noch verbleibende Zeit würde sie so gut wie möglich für sinnvolle Dinge nutzen. An der Tür wartete sie kurz, weil ihr ein Mann den Weg versperrte. Er war so nett ihr die Tür aufzuhalten. Als sie draußen war, schaute sie noch einmal auf die Uhr. Sie hatte noch viel Zeit, bis sie im Park sein musste. Eine gute Gelegenheit vorher die Stadt zu erkunden und endlich einmal die Fotos zu machen, die sie schon so lange vor sich her schob. So war es wohl, wenn man die Stadt besuchte, in der man aufgewachsen war und in die man immer wieder zurückkehren würde. Dann wurden all die Dinge auf das nächste Mal verschoben. Heute nicht. Heute würde sie erst die Fotos machen und sich danach mit dem Mann treffen, der sie schon ihr ganzes Leben begleitete. Und vielleicht würde sie mit seiner Hilfe endlich die Antworten finden können, nach denen sie schon so lange suchte. Als sich die Tür hinter ihr schloss, umfing sie sofort wieder die nasse Kälte. Sie schritt schnell voran und machte sich auf den Weg.

Kapitel 8: So lange her

Nachdem er die Frau nach draußen gelassen hatte, war er im Café stehen geblieben und hatte sich umgeschaut. Er hatte sich direkt auf das freie Sofa gesetzt und wartete. Er wartete gern. Es machte ihm nichts aus. Schließlich hatte er oft viel Zeit. Im Umgang mit zeitlichem Leerlauf war er geübt. Er war mal wieder eine halbe Stunde zu früh dran. Auch so etwas, das passierte, wenn man viel Zeit hatte. Eine Uhr hatte er nicht, aber die Wanduhr zeigte ihm, dass er noch in Ruhe nachdenken konnte. Die Bedienung brachte ihm seinen Cognac, den er direkt beim Hereinkommen bestellt hatte. Er trank zu viel. Das wusste er. Momentan hatte er Wichtigeres im Kopf. Um seine Gesundheit konnte er sich ein anderes Mal sorgen.

Alles war unwirklich. Er schaute sich um und sah das Café, die Leute, die hier saßen, die Tische, die Stühle. Er hörte die Musik, die er nicht kannte und fühlte sich unwirklich. Als würde er selbst in einem Film sitzen und darauf warten, dass er aufwachte. Aber es war weder Film noch Traum. Er saß in seiner Wirklichkeit. Alles war real, wirklich passiert. In seinem Leben. Sein Leben war noch so jung. Gerade mal vierundzwanzig Jahre und doch hatte es schon so viel darin gegeben, dass es für vierzig Jahre gereicht hätte. Vielleicht lag es daran, dass er so viel Zeit hatte? Wenn er weniger Zeit hätte, die er verprassen konnte, vielleicht würden dann weniger Dinge passieren? Das wäre schön, dann hätte er etwas was er selbst ändern konnte, um weniger geschehen zu lassen.

Er nippte an seinem Glas und der Alkohol brannte auf der Zunge. Das Gefühl ließ ihm für kurze Zeit keinen Raum für Gedanken. Aber das war schneller vorbei als ihm lieb war und schon hatten die Gedanken erneut von ihm Besitz ergriffen. Wieder spulte sein Gedächtnis ab, was alles passiert war. Wie so oft in den letzten Jahren. Es waren immer die gleichen Bilder, die gleichen Wörter, die ihn in seiner Erinnerung verfolgten.

Es hatte keinen Zweck, sich dagegen zu wehren. Das hatte er mittlerweile auf-gegeben. Es war aussichtslos. Also lehnte er sich ins Polster des Sofas zurück und ließ seine Erinnerungen kommen. Alles begann wie immer: Als erstes sah er sie wieder an der Straßenbahnhaltestelle stehen. Es war an diesem Tag sehr kalt gewesen, der nun schon fast zwei Jahre her war. Er war mit seinem Bruder die Straße entlang gegangen.

Aber er konnte sich nicht mehr daran erinnern, wo er mit ihm gewesen war. In den letzten zwei Jahren hatte er schon so oft darüber nachgedacht. Die Begegnung mit ihr schien alles, was an diesem Tag zuvor gewesen war, ausgelöscht zu haben. Er konnte sich einfach nicht erinnern. Wie sie an der Haltestelle gestanden hatte, wusste er noch genau. Sie hatte einen Blick auf den Fahrplan geworfen und dann auf ihre Uhr geschaut. Die Hände hatte sie danach gleich wieder in ihre Hosentaschen gesteckt. Sie hatte eine Mütze auf dem Kopf. Unter der Mütze schauten ihre blonden Haare heraus. Es war dieser Moment, den er in den letzten zwei Jahren nicht hatte vergessen können: Sie, wie sie allein an der Haltestelle stand und auf die Straßenbahn wartete. Das war das erste Mal in seinem Leben, dass es ihm so erging. Er konnte einfach nicht anders, er musste zu ihr gehen und sie ansprechen. Damals war er zweiundzwanzig Jahre alt und natürlich hatte er beim näher kommen gesehen, dass sie älter war als er. Aber dass es wirklich achtzehn Jahre waren, das stellte sich erst später heraus.

In seiner Erinnerung sah er noch sehr deutlich ihr fragendes Gesicht, als er vor ihr stand und er sie auf Englisch ansprach. Sie war sichtlich irritiert, runzelte ihre Stirn, als sie ihm mitteilte, dass ihre Englischkenntnisse nicht so gut waren. Damals hatte er innerlich geflucht, dass er nach seiner Flucht aus dem Sudan im Flüchtlingskamp das Angebot Deutsch zu lernen nicht wahrgenommen hatte. Sein Englisch war zwar ganz in Ordnung, aber alles andere als gut. Auch wenn sich heraus stellte, dass es im Vergleich mit ihren Englischkenntnissen wirklich hervorragend war.

Aber aus irgendeinem Grund nahm sie wohl an, dass er Hilfe benötigte. Vielleicht dachte sie, dass er nach dem Weg fragen würde oder dass er wissen wollte, wo die Bahn hinführe. Warum sollte sonst ein dunkelhäutiger junger Mann auf Englisch eine ältere Frau ansprechen? Sie hatte zu diesem Zeitpunkt keine Ahnung, dass er nur eins wollte: Sie kennen lernen und etwas Zeit mit ihr verbringen. Bis er ihr das klar gemacht hatte, vergingen einige Minuten. In ihrem Gesicht war alles an Gefühlsregungen abzulesen gewesen, was sie sprachlich nicht hatte ausdrücken können. Überraschung, Angst, Abwehr, Ungläubigkeit, Freude, Zweifel…

Dann war die Straßenbahn gekommen. Sie sagte, dass sie einsteigen müsse. Das Einzige, was ihm dazu einfiel war, dass er ihr sein Handy hingehalten hatte, damit sie ihre Nummer eintippen könnte. Sie schaute ihm prüfend in die Augen und er konnte sehen, wie sie versuchte in seinen Augen zu lesen. Sie hatte gezögert, die Bahn kam näher, aber schließlich hatte sie ihre Nummer eingetippt. Dabei hatte sie etwas vor sich hin gemurmelt, was er nicht hatte verstehen können. Später hatte sie ihm gesagt, dass sie ihm ihre Nummer gegeben hatte, weil sie so etwas vorher noch nie gemacht hatte und wenn man etwas ändern wolle, dann müsse man auch sein Verhalten ändern. *Wer sich nicht bewegt, bewegt nichts*. Sie hatte versucht, ihm die Bedeutung dieses Satzes zu erklären. Er hatte damals zwar genickt, weil er sie verstehen wollte. Erst sehr viel später hatte er die Bedeutung ihrer Worte verstanden.

Tatenlos hatte er ihr hinterher geschaut, wie sie zur Bahn gelaufen war. Was hätte er auch tun können? Trotz ihrer hohen Absätze war sie zur Tür gesprintet. Sie war eingestiegen und ohne dass sie sich umgedreht hatte, war die Bahn davon gefahren. Er hatte keine Minute gewartet und sie direkt angerufen.

Da konnte er noch die Rücklichter der Straßenbahn erkennen. Er kannte ihren Namen nicht, hatte vielleicht fünf Minuten mit ihr gesprochen und war sich dennoch sicher, dass diese Frau die Liebe seines Lebens war. Das war sie gewesen, die Liebe auf den ersten Blick. So einfach, aber deswegen nicht weniger schön. Aber er war jung, was wusste er schon von der Liebe? Vielleicht war er einfach nur ein Idiot.

Tatsächlich war sie an der nächsten Station ausgestiegen und als er ihr entgegen ging, sah er in ihr zweifelndes Gesicht. Sie hatte wirklich keine Ahnung, warum sie gerade tat, was sie tat. Und sie war kurz davor einfach wegzulaufen. Es war heikel. Das war ihr anzusehen. Sie telefonierte und er konnte nichts von dem verstehen, was sie in den Hörer sprach. Sie sprach schnell und wenn sie redete, bewegte sich die ganze Zeit ihr Gesicht. Die Bedeutung der Wörter verstand er nicht, was sie dabei fühlte, konnte er in ihrem Gesicht lesen. Er hatte noch nie einen Menschen getroffen, der so ein bewegtes Gesicht hatte.

Sie hatten sich in ein Café gesetzt und versucht, sich zu verständigen. Letztendlich war es ihnen gelungen, einige Informationen auszutauschen. Sie hatte wissen wollen wie er hieß und woher er kam. Wie er in diese Stadt gekommen war und warum es ihn aus seiner Heimat vertrieben hatte. Er hatte von ihr den Vornamen erfahren, dass sie Kinder hatte, geschieden war und als Buchhändlerin arbeitete. Sie erzählte ihm auch, dass sie in einer anderen Stadt wohnte, aber den Namen der Stadt hatte er noch nie gehört und er hatte ihn auch direkt wieder vergessen. In diesem Moment waren so viele andere Dinge wichtig. Wie oft er es verflucht hatte, dass er den Namen der Stadt, in der sie lebte, nicht verstanden hatte. Sie war zu Besuch bei einer Freundin und hatte für zwei Tage auf deren Katze aufgepasst. Ihre Kinder besuchten die Großeltern und sie hatte Urlaub. Allerdings nur noch bis zum Abend. Sie hatte geplant, ihre Kinder abzuholen, um wieder nach Hause zu fahren. Sie hatte noch eine weite Reise vor sich. Er hatte ihr damals nicht aufmerksam zugehört, was er später mehr wie einmal bereuen sollte. Er war so damit beschäftigt, ihr Gesicht zu studieren, dass ihn einfach viele der Informationen nicht wirklich erreichten. Ihre Stimme konnte er zwar hören, aber der Inhalt ihrer Worte drang kaum bis zu ihm durch. Er konzentrierte sich zu sehr auf den Klang ihrer Stimme. Der Inhalt ihrer Worte war zu diesem Zeitpunkt nebensächlich. Schließlich wollte sie wissen, wie alt er war. Als er ihr die Frage beantwortet hatte, stellte sie ihren Altersunterschied in Jahren fest. Sie sagte auch so etwas wie, dass sie eigentlich seine Mutter sein könnte. Dann hatte sie gelacht. Es war das Lachen, dass nichts mit Spaß zu tun hatte.

Als er sie anschaute, konnte er sie sich sehr gut als Mutter vorstellen. Allerdings nicht als seine. Das hatte er ihr gesagt, dass sie nicht wie seine Mutter aussehen würde. Daraufhin hatte sie dann wirklich gelacht. Nie hatte er ein schöneres Lachen erlebt. Er sah in ihr nur die Liebe seines Lebens. Die Frau, die er immer gesucht hatte. Das war ganz einfach. Was waren da 18 Jahre? Was sollte dieser Altersunterschied für eine Rolle spielen? Das alles hatte er ihr gesagt und in ihrem Gesicht sehen können, dass sie ihm so gerne glauben wollte, aber es nicht konnte. Er selbst konnte es auch kaum glauben. Wie auch, so was passierte gerade zum ersten Mal in seinem Leben. Zu gern wollte er alles richtig machen. Schnell hatte er ihre Hand erfasst, weil er befürchtete, dass sie ihm sonst entgleiten würde. Als er ihr gestand, dass er sie liebte und sie für immer bei ihm bleiben solle, war es als würde ein Fremder aus ihm sprechen.

Obwohl es stimmte. Ihr Gesicht war voller Unverständnis. Sie glaubte ihm nicht und lachte. Diesmal war es aber ein Lachen, dass offenbar von Herzen kam. Sie wies ihn darauf hin, dass er sie gar nicht kennen würde. Er war bereit, das zu ändern.

Als sie plötzlich nach der Bedienung rief und bezahlte, wusste er nicht warum. Sie fasste ihn an der Hand und sie gingen eine Weile schweigend nebeneinander her. Die Häuser zogen an ihnen vorüber und schließlich fanden sie sich im menschenleeren Stadtpark wieder. Schweigend gingen sie nebeneinander her. Es gab kein Ziel, dass sie ansteuerten. Sie sagte ihm schließlich, dass ihnen nur noch wenig Zeit blieb. Sie musste sich in zwei Stunden auf den Weg machen, um ihre Kinder abzuholen. Dann war sie stehen geblieben und hatte ihn lange prüfend angeschaut. Dann hatte er ihr angeboten, dass sie bei ihm bleiben könne. Bevor er den Satz zu Ende gesprochen hatte, kannte er schon ihre Antwort. Sie kannte ihn doch gar nicht und ginge keinesfalls jetzt mit ihm nach Hause. Auch wollte sie nicht mit ihm in die Wohnung ihrer Freundin gehen. Sie hatte den Kopf geschüttelt und ihn traurig angesehen. Er war gekränkt gewesen, aber verständlich war ihre Reaktion dennoch. Er kannte sie ebenfalls nicht, dennoch war es offensichtlich: Sie musste die tollste Frau der Welt sein. Ihre Kinder konnten wirklich froh sein.

Es wollte ihm auch nichts einfallen, was er ihr hätte sagen können. In seinem Kopf existierte nur der Wunsch, dass sie seine Liebe erwidern solle. Sie war so vorsichtig und ängstlich, wer weiß was sie alles erlebt hatte. Vielleicht wurde man irgendwann vorsichtig, wenn man lange genug auf der Welt war? Er hatte keine Antworten auf seine Fragen gefunden und deshalb tat er das, was er am liebsten schon an der Bushaltestelle getan hätte. Er nahm ihr Gesicht in seine Hände, schaute sie eine Zeit lang an. Dann küsste er sie. Vorsichtig, er hatte Angst, dass sie ihn wegstoßen würde. Regungslos ließ er seine Lippen auf ihren und wartete. Es dauerte eine Weile, bis sie seinen Kuss erwiderte, bis sie den Druck auf seine Lippen verstärkte. Erst dann küssten sie sich. Es war schön. So einfach schön, dass es einfach schön war. In diesem Augenblick wusste er, dass alles gut werden würde. Es war egal, wo sie wohnte. Es war egal wie alt er war. Es würde für alles eine Lösung geben. Nichts war unabänderlich. Als er sie zur Straßenbahnhaltestelle gebracht hatte und sie nach einem letzten Kuss eingestiegen war, waren sie sicher, sie würden sich schon bald wieder sehen. Sie hatte seine Telefonnummer, seinen Vornamen und er wusste das Gleiche über sie.

Aber dann sollte alles ganz anders kommen.

Er wusste noch genau, wie sie in der Bahn gesessen hatte und ihm gewinkt hatte, als der Bus sich in Bewegung setzte. Dann hatte sie ihm zugelächelt. Das Lächeln sorgte noch heute für ein warmes Gefühl in seinem Magen. Als sie aus seinem Blickfeld verschwunden war, hatte er sich auf den Heimweg gemacht. Sein Zuhause war damals die Wohnung seines Bruders gewesen. Er musste ein ganzes Stück zu Fuß gehen, um sein Ziel zu erreichen. Aber das machte ihm nichts aus. Er ging gerne. An diesem Tag war er völlig in seine Gedanken versunken. Die Geschehnisse des Tages hatten ihn aufgewühlt. Auf seinem Weg kam er am Bahnhof vorbei. Er war völlig überrascht, als plötzlich jemand hinter einem Gebüsch hervorgesprungen kam, um ihn nieder-zuschlagen. Er wusste nicht, wie lange er bewusstlos gewesen war, aber als er wieder zu sich kam, fehlte ihm alles, was er bei sich getragen hatte. Sein weniges Geld und natürlich sein Handy. Nicht dass es viel wert gewesen war, ganz im Gegenteil. Es war ein alter Knochen gewesen. Aber in diesem Handy war ihre Telefonnummer und die war nun genauso verschwunden, wie sie selbst. Und das blieb sie. Egal was er versuchte und anstellte, sie blieb verschwunden. Er hatte alles versucht, aber wie sollte er eine Frau finden, von der er nichts wusste, außer ihren Vornamen? Ihre Telefonnummer hatte er sich nicht einmal angeschaut. Schließlich war sie sicher in seinem Handy gespeichert. Damals hatte er gedacht, er würde verrückt werden. Da traf er die Frau seines Lebens und alles ging schief.

An die Zeit, die danach kam, konnte er sich nur bruchstückhaft erinnern. Es gab einfach nichts, was er hätte tun können. Vielleicht hatte sie auch versucht, ihn zu finden, aber alles was sie von ihm wusste waren ebenfalls nur der Vorname und seine Telefonnummer. Und unter dieser Telefonnummer war er jetzt nicht mehr zu erreichen. Er wollte sich gar nicht ausmalen, was sie wohl von ihm gedacht hatte. Bestimmt, dass er nur ein Spiel mit ihr gespielt hatte. Was sollte man schon denken, wenn einem so etwas passierte? In dieser Zeit war er sehr verzweifelt gewesen. Nur seinem Bruder hatte er es zu verdanken, dass er das alles überstanden hatte. Er hatte ihm einen Job besorgt und den Deutschkurs, der abends von der Volkshochschule angeboten wurde. Das hatte ihn abgelenkt und es gelang ihm hin und wieder an etwas anderes zu denken als an sie. Zeitweise gelang ihm das wirklich gut. Mittlerweile hatte er gute Fortschritte gemacht. In allem, aber vor allem im Deutschkurs, auch wenn er diese Sprache nach wie vor für schwierig hielt. Seine verbesserten Sprachkenntnisse hatten ihm jedoch schon so einige Türen geöffnet. Es wurde einfacher, in diesem Land zu leben, wenn man verstanden wurde. Er hatte auch einige Frauen kennen gelernt, aber es hatte nichts genutzt. Sie war und blieb die Einzige. Für andere Frauen war in seinem Herzen kein Platz mehr. Er hätte alles dafür gegeben, wenn er sie hätte wiederhaben können und es verging kein Tag, an dem er sich abends nicht gewünscht hätte, sie noch einmal küssen zu dürfen.

Das Leben ging seltsame Wege und er wusste, dass es mehr als Glück gewesen sein musste. Aber es war passiert. Er konnte es kaum glauben und er fragte sich seit gestern, ob es doch so etwas gab wie Schicksal oder Fügung? Wie war es sonst zu erklären, dass er sie wieder gefunden hatte? Einfach so, nach zwei Jahren. Gestern hatte er seinen Bruder zum Bahnhof gebracht. Auf dem Weg dahin hatten sie noch alles Mögliche besprochen. Was er einkaufen musste, dass er dies oder das nicht vergessen sollte. Er hatte seinem Bruder Grüße für den Freund mit auf den Weg gegeben. Was man so machte, wenn man jemanden am Bahnhof verabschiedete. Sein Bruder war gerade mit dem Zug abgefahren und er befand sich auf dem Rückweg. Kurz bevor er das Bahnhofsgelände verlassen wollte, entschied er sich beim Bäcker einen Kaffee zu kaufen. Als er schon zur Hälfte durch die Bahnhofshalle gegangen war, das Geld in seiner Hosentasche zählte und einen Moment nicht aufgepasst hatte, war es passiert. Er stieß mit einer Frau zusammen und noch bevor er ihr ins Gesicht schaute, wusste er es. Er war mit ihr zusammen gestoßen. Die Liebe seines Lebens, die er seit zwei Jahren verzweifelt gesucht hatte, war in der Bahnhofshalle in ihn hineingerannt. Das war verrückt, aber sie war es. Er erkannte ihr Parfüm und als er ihr in die Augen sah, da konnte er es sehen. Sie war unendlich traurig, als sie ihn sah und drehte sich sofort um, um die Flucht zu ergreifen. Er holte sie erst ein, als sie schon vor dem Bahnhof war.

Er hielt sie am Arm fest, während sie sich versuchte aus seinem Griff zu lösen. So schnell er konnte, versuchte er ihr zu erklären, warum er sich nie bei ihr gemeldet hatte. Aber gleichzeitig war er so glücklich, dass er sie endlich wieder hatte, dass er sie versuchte zu umarmen, was ihm jedoch nicht gelang. Sie schubste ihn von sich und ihr Blick klagte ihn an. Es war ja nicht so, als hätte sie vor zwei Jahren nicht auch schon Zweifel gehabt. Die waren mit den Jahren sicherlich nicht kleiner geworden.

Aber sie hörte ihm wenigstens zu. Immerhin. Dennoch hielt sie ihn auf Abstand. Als er alles erzählt hatte, den Überfall, seine Suche, seine Verzweiflung, da sagte sie nur, dass sie erst nachdenken müsse. Als er sie nach ihrer Nummer fragte, schüttelte sie den Kopf und erklärte, dass ihr das beim letzten Mal nur Kummer bereitet hatte. Sie sagte das so traurig, dass es ihm die Tränen in die Augen trieb. Er wusste nicht was sie schließlich hatte weich werden lassen, vielleicht die Tränen, die ihm über die Wangen kullerten (wann hatte er eigentlich das letzte Mal geweint?). Sie schaute ihn schweigend an und nannte ihm die Adresse des Cafés in dem er jetzt saß und eine Uhrzeit. Er sollte sie heute dort treffen. Mehr nicht. Dann hatte sie sich auf dem Absatz umgedreht und ließ ihn stehen. Er hatte lange da gestanden. Auch als sie schon längst aus seinem Blickfeld verschwunden gewesen war.

Und da saß er nun und wartete. Sein Cognac war mittlerweile leer und die halbe Stunde war vorüber. Er wusste, dass jetzt alles von ihr abhing. Er konnte nichts tun, außer zu warten. Hätte er vielleicht etwas tun können? Die Frage beschäftigte ihn seit gestern. Vielleicht hätte er ihr gestern hinterher laufen sollen? Aber was musste man tun, wenn man die Liebe des Lebens wiederhaben wollte? Was war denn richtig? Er hätte es gerne gewusst, aber es gab niemanden, den er hätte fragen können. Niemanden, der ihm wirklich weiter helfen konnte. Sein Bruder kannte sich zwar mit Frauen aus, aber nicht mit der Liebe. Er musste einfach das tun, was sein Gefühl ihm sagte. Aber ob das richtig war?!

Die Bedienung fragte ihn, ob er noch etwas trinken wollte. Am liebsten hätte er noch einen Cognac bestellt. Am besten gleich die ganze Flasche, allerdings war er sich sicher, dass das nun wirklich falsch gewesen wäre. *Das* würde sie sicherlich nicht überzeugen, wenn er ihr angetrunken das erste Mal nach zwei Jahren unter die Augen kommen würde. Also bestellte er einen Kaffee, den er auch sehr schnell bekam. Wieder schaute er auf die Uhr und stellte fest, dass er nun schon eine dreiviertel Stunde wartete. Sie war zu spät. Was wäre, wenn sie nicht kommen würde? Wenn sie es sich anders überlegt hatte? Sie vielleicht einen Unfall gehabt hatte? Er spürte wie ihm der Schweiß ausbrach. Was sollte er dann machen? Er hatte sein Glück vermutlich aufgebraucht und so eine Chance wie gestern würde nie wieder kommen. Wie hatte er sie nur gehen lassen können? An ihre Fersen hätte er sich heften müssen. Was war er nur für ein Idiot gewesen!

Er blickte hoch, als er die Türglocke hörte. Das hatte er in den letzten fünfundvierzig Minuten ständig getan. Diesmal hatte sich das Aufschauen gelohnt. Sie war schon auf dem Weg zu ihm und sie schaute ihm fest in die Augen. Sie war älter und noch schöner geworden. Er konnte erste graue Haare entdecken, als sie näher kam. Grau war für ihn die Trendfarbe des Jahres und würde es wahrscheinlich für den Rest seines Lebens bleiben. Sie setzte sich zu ihm auf das Sofa und sagte nichts. Schließlich ergriff er das Wort und erklärte ihr so gut er konnte, was alles passiert war und dass er alles versucht hatte, um sie zu finden. Sie hörte ihm zu und schaute ihm dabei in die Augen. «Du sprichst Deutsch. Wie schön!» sagte sie und lächelte ihn leicht an. Er war zu perplex, als dass er hätte antworten können. Dann kam sie dicht an ihn heran und küsste ihn flüchtig. Dennoch konnte er die Zärtlichkeit spüren, die von ihr ausging. Sie saßen zusammen auf dem Sofa, hielten sich an den Händen und sagten eine Weile nichts. Für das Glück, das beide in sich spürten, gab es keine Worte. Erst als die Bedienung kam, um zu fragen, ob sie auch etwas trinken wollte, brach sie das Schweigen. Sie sagte, dass sie alles habe und dass sie nun gehen würden. Das taten sie. Hand in Hand.

Kapitel 9: Der Mann und das Bild

Er musste es immer wieder anschauen. Das Bild. Es wollte ihn einfach nicht loslassen. Durch Zufall hatte er es entdeckt. Nun besuchte er seit Jahren dieses Museum und er fragte sich noch heute, wie er es hatte übersehen können. Jahrelang hatte er alles um das Bild herum betrachtet. In der verwinkelten Ecke war es ihm nie aufgefallen. Wenn man es genau nahm, hatte ihn sein Prostatakrebs zum Bild geführt. Durch das immer wiederkehrende Aufsuchen der Toilette, lernte er auch die verstecktesten Winkel des Museums kennen. Zu früheren Zeiten waren ihm die vielen sanitären Anlagen entgangen. Die Krankheit hatte ihn auf das Finden von Toiletten spezialisiert. Unvorbereitet hatte ihn dabei der Blick auf das Bild erwischt. Es hing direkt neben einer der vielen Museumstoiletten. Als er das Bild zum ersten Mal erblickte, hatte es ihn gefangen genommen. Um ihn herum schien die Zeit stehen zu bleiben. Er wusste nicht mehr wie lange er davor gestanden hatte. Seine Füße waren wie festgewachsen. Keinen Millimeter bewegten sie sich. Er wollte für immer an diesem Ort bleiben, in der Nähe des Bildes. Es war nicht besonders groß und für die Zeit aus der es stammte, war es sehr wirklichkeitstreu gemalt worden. Da waren weder Abstraktes noch seltsame Farben zu finden. Das Bild hätte auch ein Foto sein können. Ein Foto seiner Frau. Jedenfalls sah die Frau auf dem Bild seiner eigenen zum Verwechseln ähnlich. Ein Blick in diese Augen und er war wieder zwanzig, als er sie das erste Mal auf dem Fahrrad an sich hatte vorbei fahren sehen. In Sekunden konnte das eigene Leben vor den Augen ablaufen. Immer wieder der gleiche Film: Diese Frau, die zu ihm gehörte, wie das Atmen, das ihn am Leben hielt. Als er das Bild entdeckt hatte, war sie schon einige Jahre tot. Es hatte ihn völlig unvorbereitet getroffen: Der Blick in die Augen der Frau, die dort als Bild an der Wand hing. Das Bild der Frau, die seiner so ähnlich war, dass sie Zwillingsschwestern hätten sein können. Oder war es sogar seine Frau? Diese Frage hatte ihn seit diesem Museumsbesuch nicht mehr losgelassen.

Sein Harndrang holte ihn in die Realität zurück. Er schaute sich um und brauchte einige Zeit, um zu erkennen wo er war. Natürlich. Das Café. Er saß auf dem roten Sofa. Wie so oft in letzter Zeit versank er derartig in seiner Gedankenwelt, dass die Realität um ihn herum verschwand. Als er von der Toilette kam, setzte er sich schwerfällig. Die Frage wer die Frau auf dem Bild war, hatte ihn vor Jahren in tiefe Ratlosigkeit gestürzt und ihn vor allem rastlos werden lassen. Er ließ seinen Tee unberührt und versank wieder in seiner eigenen Gedankenwelt.

Der Maler des Bildes hatte ihn lange Zeit beschäftigt. Der Name war ihm gänzlich unbekannt gewesen. Das erste Mal in seinem Leben konnte er die Faszination der Menschheit wegen des Internets nachvollziehen. Wenn es darum ging sich Informationen zu beschaffen, war es unersetzlich. Er mochte gar nicht darüber nachdenken, wenn er ein ähnliches Vorhaben in den siebziger Jahren hätte verfolgen wollen. Undenkbar! Er hatte versucht herauszufinden, was aus dem Maler geworden war. Vielleicht hatte dieser Mann seine Frau gekannt? Der Gedanke verursachte ihm Unbehagen. Seine Frau hatte ihn nie erwähnt, diesen Mann. Wenn sie ihn gekannt hätte, dann wüsste er doch sicher davon. Oder nicht? Sie nicht mehr danach fragen zu können, war eine Last für ihn. Auf dem Bild stand das Jahr 1967. Er hatte viel Zeit damit verbracht über dieses Jahr nachzudenken. 1967 waren seine Frau und er schon einige Jahre verheiratet gewesen. Er erinnerte sich, dass sie mit den Kindern einen Urlaub an der Ostsee gemacht hatten. Wie oft er seit dem die Fotoalben durchgeschaut hatte. Immer wieder auf der Suche nach versteckten Hinweisen. Aber die Fotos faszinierten ihn auch, weil er bei ihrer Betrachtung alles noch einmal erleben durfte. Schlimm war es nur aus der Vergangenheit aufzutauchen. Aber wie hätte dieser niederländische Maler seine Frau malen können? 1967 gab es nur diesen einen Urlaub und er konnte sich nicht daran erinnern, dass seine Frau ohne ihn weggefahren wäre. Wann hätte er sie denn gemalt haben können und vor allem warum? Seine Frau hätte ihm doch gesagt, dass sie Model gestanden hätte. Oder etwa nicht? Er war damals wenig zu Hause. Der Betrieb hatte ihn völlig in Anspruch genommen. So war das damals eben. Sie hatten innerhalb Deutschlands expandiert, was für ihn mit sehr vielen Reisen verbunden gewesen war. Seine Frau war zu Hause bei den Kindern geblieben. Die Frau auf dem Bild konnte also überhaupt nicht seine Frau sein. Aber wer war sie dann? Was, wenn es doch seine Frau war? Er war nicht bereit, den Gedanken an diese Augen aufzugeben. Genauso wenig, wie den Wunsch noch einmal hineinschauen zu können. Alles würde er dafür tun. Er konnte sich an das letzte Mal so gut erinnern, als wäre es gestern gewesen.

Obwohl er sehr viel Zeit investiert hatte und über die Klärung, wer die Frau auf dem Bild war, Jahre vergangen waren, blieben alle seine Nachforschungen fast ergebnislos. Nach allem was er herausgefunden hatte, war es völlig unverständlich, dass das Bild überhaupt in einem Museum hing. Die Schaffensperiode des Künstlers war sehr kurz gewesen. Er war nur zehn Jahre nach dem Erschaffen des Bildes bei einem Autounfall ums Leben gekommen. Bedeutende Werke hatte er nicht hinterlassen. Nach allem, was er im Internet hatte recherchieren können, war der Maler auch sonst nicht Richtungsweisend für die Kunst gewesen. Das Bild im Museum wurde im Internet nur namentlich erwähnt. Ohne Kommentar. Kein Wort über die Bedeutung oder die Beweggründe seiner Entstehung. Nichts. Selbst der Name des Bildes war nichtssagend: *Das Bild einer Frau*. Es hatte Tage gegeben, an denen er nicht sicher war, ob er nicht verrückt werden würde. Die Frage, ob es seine Frau war oder nicht, hatte sein Leben verändert. Am Anfang war er noch hoffnungsvoll gewesen. Er hatte den Umgang mit dem Internet gelernt und auch einige Informationen sammeln können. Zum Beispiel hatte er erfahren, dass der Maler ebenfalls verheiratet gewesen war, die Ehe aber schon vor seinem Unfall geschieden wurde. Er hatte sogar die Exfrau des Malers namentlich ausfindig machen können. Was war er euphorisch gewesen. Hatte er sich doch der Antwort seiner Frage so nahe gefühlt. Der Aufregung folgte eine schmerzhafte Ernüchterung, als er erfuhr, dass die Frau des Malers kurz vor seiner eigenen Frau verstorben war. Er hatte einfach kein Glück. Die Frage blieb, aber eine Antwort war nicht zu finden. Er hatte versucht, sich damit abzufinden. Aber er konnte es nicht. Was war, wenn die Frau auf dem Bild nicht seine gewesen war und sie noch lebte? Das bedeutete, dass irgendwo auf dieser Welt eine Frau herumlief, die wie seine aussah. Er hätte sie unbedingt kennenlernen wollen. Aber wer war sie? Egal was er tat, diese Frage bremste ihn und sein Leben aus. Es war zum verrückt werden.

Er hatte immer wieder alle Sachen seiner Frau durchgesehen, seine Kinder gefragt, und Briefe an Kunstvereine geschickt. Dabei hatten ihn Sorgen und Hoffnungen zu gleichen Teilen begleitet. Er hatte befürchtet Dinge zu finden, die seine Frau in anderem

Licht erschienen ließ. Seine Hoffnung nach Erkenntnis hatte ihn jedoch dazu getrieben, immer wieder aufs Neue auf die Suche zu gehen. Alle seine Bemühungen blieben letztendlich ergebnislos. Wer die Frau auf dem Bild war, blieb ein Geheimnis. Ein Geheimnis, das zu seinem ständigen Begleiter wurde. Es verfolgte ihn bis in seine Träume. Nur im Museum, wenn er dem Bild gegenüber saß, konnte er seine Sorgen für kurze Zeit ein wenig vergessen. Da ihm seine Krankheit dafür nur noch wenig Zeit lassen würde, wollte er so häufig wie möglich in seiner Nähe sein. Auch heute.

Eine Stimme riss ihn aus seinen Gedanken. Als er hoch schaute, wusste er für einen Moment nicht, wo er war. Als er sich umblickte, erkannte er, dass er immer noch in dem Café saß. Den Kamillentee vor sich auf dem Tisch hatte er wohl bestellt, wobei ihm jede Erinnerung daran fehlte. Er griff danach und stellte fest, dass er kalt war. Wie lange er wohl hier gesessen hatte? Dann entdeckte er vor sich eine Frau. Ob die ihn gerade angesprochen hatte? Er schaute sie an, aber er erkannte sie nicht. Was sie wohl von ihm wollte? Sie schaute ihn an, als würde sie auf eine Antwort von ihm warten. Vorsichtig fragte er: «Kann ich etwas für sie tun?» Die

Frau lächelte ihn an, als würden sie sich schon ewig kennen und antwortete: «Herr Albrecht, ich habe sie überall gesucht. Sie wollten doch nur kurz in den Garten. Kommen sie, ich bringe sie nach Hause.» Er wollte nicht nach Hause und antwortete: «Nein, nein. Ich will nicht nach Hause. Sie müssen mich verwechseln.» Das Lächeln der Frau war unerschütterlich: «Herr Albrecht, sie wollen ins Museum, stimmt`s? Zu dem Bild der Frau, die ihrer eigenen Frau so ähnlich sieht. Ich habe eine Überraschung für sie. Es gibt eine Kopie des Bildes. Sie liegt bei Ihnen zu Hause.»

Plötzlich überkam ihn eine große Unruhe. Wenn das stimmte, musste er sofort nach Hause. Doch vorher würde er wieder die Toilette aufsuchen müssen. Wie er diese Krankheit verabscheute. Während er sich auf den Weg machte, kam die Bedienung an den Tisch und fragte die Frau, ob sie auch etwas trinken wolle. Diese antwortete: «Nein, danke. Ich zahle auch den Tee des Herren.» Während sie in den Taschen ihrer Jacke nach Geld suchte, fragte sie: «Wie lange ist er denn schon hier?» Die Bedienung schaute auf die Uhr und sagte: «Ungefähr eine Stunde. Er hatte einen Tee bestellt und dann saß er regungslos auf dem Sofa. Völlig in Gedanken versunken. Was ist denn mit ihm?» Die Frau bezahlte den Tee mit einem üppigen Trinkgeld und seufzte, bevor sie sagte: «Ach, er hat vor einigen Jahren ein gemaltes Portrait seiner verstorbenen Frau gefunden. Bei den Nachforschungen, wie dieses Bild entstanden ist, kamen einige Wahrheiten ans Licht, die er nicht verkraftet hat. Seit dem lebt er in seiner eigenen Welt. Leider hat er auch Wahnvorstellungen. Er glaubt zum Beispiel, dass er bald sterben wird. Er hat sich seine eigene Realität geschaffen. Ich glaube dort kann er es leichter aushalten als in der Wirklichkeit. Gut, dass er hier bei Ihnen war. Da kann ihm wenigstens nichts passieren. Er macht sich immer wieder auf den Weg, ohne dass wir Pflegerinnen etwas davon mitbekommen. Aber bis jetzt haben wir ihn glücklicherweise immer wieder schnell finden können.» Als der Mann von der Toilette kam, hakte sie ihn unter und führte ihn aus dem Café.

10: Es war 1985

Das Eis auf dem er unterwegs war, war mehr als dünn. Er wusste das, so wie es ebenso klar war, dass sich heute für ihn etwas verändern würde. Konnte er dagegen noch etwas tun? Wollte er das überhaupt? Das bevorstehende Treffen mit ihr würde sicher nichts besser machen, wahrscheinlich sogar alles verschlimmern. Also: Warum tat er das? Weil die Hoffnung zuletzt stirbt? Er seufzte, denn die Antwort war: Weil er nicht anders konnte. So einfach. Er musste auf sein Gefühl hören. Das hatte er vorher selten getan, jedenfalls nicht seit er größer als 1,50 Meter war und das war wirklich schon lange her. Sein Verstand hatte ihm versucht, dieses Treffen auszureden. Er hatte ihn ignoriert, seinen Verstand. Auch so was, was er sonst nicht tat. Sein Verstand hatte sich daraufhin eine Auszeit genommen. Er saß auf der stillen Treppe, fühlte sich vernachlässigt und schmollte.

Sein Blick blieb am eigenen Spiegelbild hängen, als er an dem Fenster des Cafés vorbei ging. Eigentlich hatte er sich ganz gut gehalten, nur seine grauen Haare stachen ihm ins Auge. Es gab Männer, die verloren schon früh ihre Haare. Ihm waren wirklich fast alle geblieben. An einigen Körperstellen waren sogar Unmengen dazu gekommen. Dafür hatten sie ausnahmslos an seinem 30. Geburtstag angefangen grau zu werden und das war jetzt fast zehn Jahre her. Die Zeit verging einfach viel zu schnell. So schnell, er wusste gar nicht, warum sein Leben so ein Tempo hatte vorlegen müssen. Ohne, dass er davon wirklich etwas mitbekommen hatte. Und wie würde das in den kommenden Jahren werden? Wenn sie nur halb so schnell an ihm vorbei zogen wie die letzten, dann war das Ende wirklich in greifbarer Nähe. Bei dem Gedanken musste er über sich selber schmunzeln. So schlimm würde es wohl nicht gleich werden.

Ein Herr hielt ihm die Tür auf, nachdem er erst eine jüngere Frau durchgelassen hatte. Dann stand er mitten im Café und steuerte auf das gerade frei gewordene rote Sofa zu. Es blieb ihm gar keine andere Möglichkeit, denn alle anderen Tische waren besetzt. Das Café war gut gefüllt mit Gästen und die Frau hinter dem Kuchenbuffet hatte alle Hände voll zu tun. Er konnte kaum die Musik im Hintergrund erkennen, weil das Stimmen-gewirr alles übertönte. Dennoch glaubte er Mozart erkannt zu haben, ihm fehlte jedoch die Muße, sich damit auseinander zu setzen.

Seine Gedanken schweiften ab. Eigentlich hätte er besser auf sie aufpassen müssen. Sie waren in letzter Zeit häufig umtriebig und selten im Hier und Jetzt. Oft musste er sie einfangen, damit sie sich nicht in seiner Fantasie oder der Vergangenheit verhedderten. Seine Gedankenwelt führte momentan ein egoistisches Eigenleben. Das hatte es vor einigen Jahren noch nicht gegeben. Da hatte er noch alles im Griff gehabt, vor allem seine Gefühle. Dass sich das geändert hatte, blieb der Außenwelt jedoch verborgen. Sein Gefühlsleben vor anderen zu verbergen, war ihm schon immer leicht gefallen. Er war talentiert in diesem Bereich. Im Laufe seines Lebens hatte er dieses Talent wirklich so weit optimiert, wie es ihm möglich gewesen war. Wenn er nicht wollte, dass jemand seine Gefühle erriet, dann würde das auch so sein. Als ihm sein Kakao mit Sahne gebracht wurde, konnte er sich weder an seine Bestellung erinnern, noch dass das ganze Geschirr der Gäste vor ihm, vom Tisch abgeräumt worden war. In Gedanken war er wieder im Jahr 1985 gewesen. Da befand er sich in letzter Zeit ständig. So oft, dass es ihm langsam ernsthafte Sorgen bereitete.

Er war erst 14 Jahre alt gewesen, als sie seine erste Freundin wurde. Sie war nur einen Monat älter als er und besuchte seine Parallelklasse. Es hatte eine ganz Weile gedauert, bis er endlich verstanden hatte, dass sie sich in ihn verliebt hatte. Er war ein ziemliches Landei gewesen. Aber als bei ihm dann endlich der Groschen gefallen war, wurden sie sehr schnell ein Paar. Er verliebte sich in sie. Mit ihr entdeckte er eine ganz neue Gefühlswelt. Realistischer Weise hatte das sicher auch mit dem Hormonhaushalt eines Vierzehnjährigen zu tun. So etwas Ähnliches hatte er neulich seinem größten Sohn erzählt, als der wegen seiner Freundin so durcheinander war. Hinterher hat er sich selbst gefragt, was er da wieder für einen Blödsinn von sich gegeben hatte. Als würde das Gefühlsleben nur von Hormonen gesteuert werden. Aber ob es nun an den Hormonen lag oder an was auch immer: Er hatte damals mit ihr eine wundervolle Zeit erlebt. So rein, friedlich unangetastet und unbeschwert schön. Er hatte von gar nichts eine Ahnung gehabt, aber das machte nichts, denn sie war genauso unschuldig und ahnungslos wie er selbst. Stunden hatten sie damit verbracht, sich an den Händen zu halten. Meistens draußen, denn es war der Sommer 1985. Durch die Schrebergärten waren sie gestreift und hatten im Park unter den Bäumen oder in der Wiese gelegen. Dabei hatten sie in den Himmel geschaut und sich entweder geneckt oder sich über alles Mögliche unterhalten. Das waren Gespräche, die er vorher noch nie geführt hatte. Mit seinen Freunden redete er fast nur über Fußball. Mit ihr konnte er plötzlich über alles reden. Sie fuhren zusammen mit dem Fahrrad, waren gemeinsam auf der Kirmes und in der Schule saßen sie in den Pausen dicht zusammen. So wie man das wohl heute auch noch mit der ersten Liebe tat, wenn man gerade erst entdeckt hat, dass man nicht mehr wirklich ein Kind ist. Er wusste noch genau wo er sie das erste Mal geküsst hatte. Für sie beide war es der erste Kuss. Das war im Freibad gewesen. An welcher Stelle sie genau standen, hatte er nie vergessen. Unten an der Tribüne, da hatten sie sich gegenüber gestanden. An diesem Tag war es sehr voll und laut im Schwimmbad gewesen. Sie waren im Lärm versunken. Er hatte sich zu ihr runterbeugen müssen, sie war damals schon sehr viel kleiner gewesen als er. Seine Arme hatte er um sie geschlungen. Das Gefühl ihren Mund zu spüren, sie dabei zu riechen und zu schmecken, etwas Wunderbareres hatte er vorher noch nie gefühlt. Er tauchte ein in das Gefühl des vollkommenen Glücks. Es hatte all seine Vorstellung vom Küssen übertroffen. Damals hatte er eine neue Leidenschaft für sich entdeckt, die ihn bis heute begleitete. Er küsste für sein Leben gern. Er hatte diesen ersten Kuss nie vergessen. Sie hatte er auch nicht vergessen. Wie sollte man seine erste Liebe vergessen? Sollte man sie vielleicht etwas mehr vergessen als er das getan hatte? Wäre ihm das denn möglich gewesen? Fünfundzwanzig Jahre später war ihm klar, dass er darauf keine Antwort finden konnte.

Aber mit vierzehn verliebte man sich nicht fürs Leben, jedenfalls waren sie einige Monate später wieder getrennter Wege gegangen. Das war am Anfang nicht einfach, denn so richtig verstanden hatte er damals nicht, warum es vorbei war. Aber da sie es ihm auch nicht verständlich hatte erklären können, wusste sie es wahrscheinlich selbst nicht genau. Sie waren eben sehr jung gewesen. Dennoch hatten sie bis zum Abitur die gleiche Schule besucht. Jahr für Jahr. Allerdings waren sie nie wieder wirklich befreundet gewesen. Sie grüßten sich freundlich, wenn sie sich begegneten, das war alles gewesen. Schon bald hatte er sich in ein anderes Mädchen verliebt und sie hatte einen neuen Freund. Das Leben ging weiter und eh er sich versah, war die Schulzeit vorbei. Dann passierte das, was in diesem Lebensabschnitt wohl meistens passiert. Man verlor sich aus den Augen und fand sich in vielen Fällen nie wieder. Freunde und Menschen, die einem über Jahre hinweg wichtig gewesen waren, verschwanden aus dem eigenen Leben und gerieten in Vergessenheit.

Er dachte daran, dass er nach dem Abitur überhaupt nicht mehr an sie gedacht hatte. Es folgten mehrere Jahre in denen er keine Sekunde an sie oder über sie nachgedacht hatte. Es gab so viel im Leben zu erledigen, da blieb grundsätzlich wenig Zeit für anderes. Im Studium lernte er seine Frau kennen. Es dauerte nicht lange und sie waren verheiratet. Sie war die perfekte Frau für ihn, da war er sich sicher gewesen und er liebte sie über alles. Alles lief nach Plan: Eine sichere Arbeitsstelle, zwei Kinder und ein Haus. Er hatte versucht, im Job Karriere zu machen, was ihm sogar geglückt war. Auch wenn ihm heute fast täglich die Arbeit lästiger wurde: Sie hatten ein Leben, das sich viele wünschen würden. Aber hatte ihn das glücklich gemacht? War man glücklich, wenn man sich fragen musste, ob man es überhaupt war? War das denn wichtig, das

Glück? Er hatte doch alles, da musste man doch glücklich sein. Warum war er dann manchmal so verzweifelt? In stillen Stunden, in denen eigentlich alles hätte gut sein müssen?

Heute wusste er nicht mal mehr, ob er das alles *so* gewollt hatte. Dabei hatte er doch *das* perfekte Leben. Einige seiner Freunde beneideten ihn, jedenfalls behaupteten sie das. Aber was wussten die schon. Stimmte das denn überhaupt? War etwas perfekt, nur weil man die Ansprüche, die von außen an einen gestellt wurden, erfüllte? Karriere, tolle Kinder, eine Frau, ein Haus? Wie in dieser Werbung: Mein Auto, mein Haus, mein Boot! War es das? War er undankbar, weil er sich innerlich oft so leer fühlte, obwohl er doch alles hatte? Mann, Mann, Mann…er kratzte sich am Kopf und versuchte sich mit dem Gedanken anzufreunden, dass er jetzt auch wieder keine Antwort auf seine Fragen finden würde. Vielleicht gab es auf einige Fragen keine Antworten. Vielleicht sollte er seinen Verstand bitten, weniger zu schmollen und sich häufiger mal wieder einzuschalten. Momentan hatte er dazu jedoch keine Möglichkeiten. Er musste einfach allen Gefühlen freien Lauf lassen. Nach den ganzen Jahren, in denen er sie eingepfercht hatte, waren sie ausgebrochen. Sie hatten sich auf den Weg gemacht, auf welchen auch immer und er musste zuschauen, wie sie sich in alle Himmelsrichtungen verstreuten.

Er löffelte in seiner Sahne herum, die krönend auf dem Kakao saß und versuchte, sich zu erinnern, wann sie sich in seine Erinnerung und in seine Gedanken geschlichen hatte. Er war sich mittlerweile sicher, dass er das erste Mal wieder an sie hatte denken müssen, als ihm beim Ausmisten auf dem Dachboden seine Abizeitung in die Hände gefallen war. Der Anblick seines Schnauzbartes auf dem Abschlussfoto hatte ihm ein Lächeln entlockt. Was war das damals für eine seltsame Mode gewesen! Dann war sein Blick auf ihr Foto gefallen. Das erste Mal seit Jahren dachte er wieder an sie. Lange blieb sein Blick an ihrem Bild haften. Damals auf dem verstaubten Dachboden kamen die Erinnerungen zurück. Nach und nach, ganz langsam. Er saß auf dem schmutzigen Boden und die Sonne schien hell durch das kleine Dachfenster. Er hatte diese Zeitung in der Hand und war wieder der junge Mann mit dem Schnauzbart, der so viele Träume vom Leben gehabt hatte. Er hatte sich das Foto sehr genau angeschaut. Sie hatten ihren Schulabschluss 1990 gemacht. Das Bild zeigte sie mit einer grässlichen Dauerwelle. Aber wer trug die damals nicht? Er hatte ja ebenfalls einen furchtbaren Schnauzer gehabt, wie viele andere auch. Seit diesem Tag auf dem Dachboden war sie nicht mehr ganz aus seinem Gedächtnis verschwunden. Immer wieder tauchte sie in seinen Gedanken auf. Immer neue Puzzleteile purzelten ans Tageslicht, die er langsam aber sicher zu einem Bild zusammen fügte. Was war wohl aus ihr geworden?

In dieser Zeit plätscherte sein Leben fröhlich, seicht und ruhig vor sich hin. Seine Kinder wurden eingeschult und seine Frau ging wieder arbeiten, er stieg zum Abteilungsleiter auf. Das Leben veränderte jeden Tag alles ein bisschen, aber letztendlich rigoros. Die Kinder wurden größer, der Job wurde anstrengender und die Beziehung zu seiner Frau wurde anders. Aber es wurde ja so vieles anders, so war es nun mal. Er dachte, dass das so sein musste. Immer wurde alles ein klein wenig anders. Aber irgendwann stellte er fest, wenn sich alles jeden Tag ein wenig veränderte, führte das langfristig zur völligen Wandlung. Gar nichts wurde, wie man es sich erträumt und gewünscht hatte.

Man konnte ja nicht immer verliebt in die eigene Frau bleiben. Das Verliebt sein war schon lange einem tieferen Gefühl gewichen. Er fühlte sich fest mit seiner Frau verbunden und für ihn war das die Liebe. Jedenfalls hatte er sich das so gedacht. Es gab so vieles, was sie miteinander verband. Aber warum nur schlich dann immer wieder so ein komisches Gefühl durch seinen Magen, das ihm sagte, dass da etwas gar nicht so war, wie es eigentlich sein sollte? Was war aus dem Glück geworden? Wo war es hin? War er jetzt noch glücklich? Sollte Liebe nicht glücklich oder aber wenigstens zufrieden machen? Lag es vielleicht an seiner Arbeit, die er immer weniger mochte, weil die Anforderungen täglich wuchsen, die an ihn gestellt wurden? War er denn wirklich unglücklich? War er irgendwas dazwischen oder *war* er einfach nur noch?

Alle Gedanken, die schon damals immer mal wieder durch ihn durchgeschlichen waren, schob er bestimmt an die Seite und versuchte, sich auf andere Dinge zu konzentrieren. Er wollte nicht darüber nachdenken, er hatte keine Zeit dafür. Aber dennoch ertappte er sich, je älter er wurde, immer häufiger dabei, dass er zu Hause in seinem Arbeitszimmer saß, eigentlich wichtige Dinge zu erledigen hatte, aber seine Gedanken unkontrolliert auf Wanderschaft in der Vergangenheit unterwegs waren. Dabei kamen ihm nicht nur die Träume und Wünsche in den Kopf, die er gehabt hatte, als er noch jünger war. Er dachte an seine Frau und wie verliebt er in sie gewesen war. Was hatte nur dieses innige Gefühl der Liebe verändern können? Irgendwie war es im Laufe der Jahre verschwunden. Immer weniger war es geworden, bis es sich letztendlich in Luft aufgelöst hatte. Natürlich liebte er sie immer noch, sie war die Mutter seiner Kinder, aber dennoch: Es war alles anders gekommen, als er es sich gewünscht hatte. Die Frage, ob das alles so sein musste, hatte damals begonnen, ihn zu quälen. Wollte er dieses Leben bis an sein Lebensende leben? War das alles, was es für ihn geben sollte? Was wollte er denn eigentlich? Wie schön es doch gewesen wäre, wenn ihm diese Frage mal jemand hätte beantworten können!

In dieser Zeit hatte er angefangen, in seiner Vergangenheit zu graben, wo er doch eigentlich in seinem Arbeitszimmer mehr als genug zu tun gehabt hätte. Es war die Zeit, als die ganzen sozialen Netzwerke im Internet aufkamen und er fing an, alte

Schulfreunde von früher zu suchen. Er konnte eine Menge Leute aufspüren und frischte alte Kontakte auf. Viele Menschen, die er in seinem früheren Leben einmal kannte, traten wieder in sein Leben. Das war damals eine willkommene Abwechslung gewesen. Natürlich hatte er auch seine erste Liebe gesucht, aber sie blieb verschollen. Bis zu dem Tag, an dem sie ihn fand. Fünfundzwanzig Jahre nachdem sie zusammen gewesen waren. Plötzlich hatte er eine Nachricht von ihr in seinem virtuellen Postkasten gehabt. Sie hatte ihn gefragt, was er mit seinem Leben alles angestellt hatte. Das veränderte alles.

Sie fingen an, sich zu schreiben. Sie war in eine völlig andere Ecke des Landes gezogen. Auch sie hatte geheiratet und Kinder bekommen. Allerdings hatte sie ihre Berufstätigkeit nie aufgegeben. Sie arbeitete als Architektin. Das hatte er sich erst überhaupt nicht vorstellen können. Sie hatte sich früher überhaupt nicht für Gebäude interessiert. Wie sie wohl dazu gekommen war? Sie hatte sich wahrscheinlich genauso verändert, wie sich alle im Laufe ihres Lebens veränderten. Aber als er das Foto von ihr sah, da hatte er in ihr wieder die kleine Vierzehnjährige gesehen, die sie einmal gewesen war, damals 1985. Natürlich sah sie heute anders aus (die furchtbare Dauerwelle hatte sie aufgegeben – was für ein Glück), hatte Falten bekommen, war einfach älter geworden. Aber wer wurde das nicht? Als er das Foto genauer anschaute sah er nur eins, dass sie noch das gleiche Lächeln wie früher hatte und ihr Foto ließ Hoffnungen aufkommen, dass ihr Lachen ebenso ansteckend war wie einst.

So waren einige Monate ins Land gegangen. Sie hatten sich geschrieben. Erst unregelmäßig, dann mehrmals am Tag. Einmal stellte sie fest, dass es 1985 viel schwieriger gewesen war, sich zu schreiben. Er wusste genau, was sie meinte. Als sie damals für drei Wochen mit ihren Eltern im Urlaub gewesen war, da hatte er ihr drei Briefe geschickt. Jede Woche einen. Und sie hatte ihm erzählt, dass sie jeden Morgen auf den Postboten gewartet hatte, aufgeregt und neugierig, ob ein Brief von ihm kommen würde. Wenn der Briefträger gegangen war, ohne sie mit Post bedacht zu haben, dann hatte sie bis zum nächsten Tag warten müssen. Er wusste, was sie damit meinte. Auch er hatte damals jeden Tag die Post erwartet. Eine Quälerei war das damals gewesen, wenn es keinen Brief von ihr gegeben hatte. Heute war das glücklicherweise anders und ging viel schneller. Eine Mail wurde versendet und dann war die Post auch schon da. Und trotzdem hatte es nicht wirklich etwas verbessert. Früher musste man einmal in den Briefkasten schauen, wenn der Postbote nichts gebracht hatte, dann würde das bis zum nächsten Morgen so bleiben. Heute konnte man pausenlos die Mails kontrollieren und wurde nicht ein Mal, sondern unter Umständen hundert Mal am Tag enttäuscht. Das Problem hatte sich nicht erledigt, nur verlagert. Besser war es nicht geworden, wenn er daran dachte, wie oft er nach ihren Mails Ausschau gehalten hatte. Wenn sie heute vierzehn gewesen wären, sie würden unentwegt vor dem Handy sitzen und sich pausenlos Nachrichten schreiben. So wie er es bei seinem Sohn nicht ausstehen konnte. Schließlich ertappte er sich dabei, dass er anfing auf ihre Mails zu warten. Vor dem Frühstück kontrollierte er schon seine Post. Dann richtete er alles so ein, dass er die Nachrichten direkt auf seinem Handy empfangen konnte, das hatte er früher nicht gebraucht. Aber plötzlich wollte er nichts verpassen.

Schließlich kam der 70. Geburtstag ihres Vaters und es sollte sich alles in seinem Gefühlsleben verändern. Das hatte weniger mit dem Geburtstag an sich zu tun, sondern eher damit, dass sie die Zeit ihres Aufenthalts in der Stadt auch dazu nutzen wollte, sich mit ihm zu treffen. Sie hatte ihm geschrieben, dass sie zum Geburtstag in der Stadt sein würde. Natürlich hatten sie sich verabredet. Alles andere wäre nicht in Frage gekommen. Sie hatten sich per Mail so gut verstanden und sie wollten sich einfach gerne wieder sehen. Nach fünfundzwanzig Jahren. Das war doch nicht schlimm. Oder vielleicht doch? Letztendlich hatte er das Treffen seiner Frau verschwiegen. Er hätte jedoch nicht mal genau sagen können warum. Außer, dass eine Stimme in ihm sagte, dass er es lieber bleiben lassen sollte. Was hätte er ihr auch sagen sollen? Ich treffe meine erste Freundin nach mehr als fünfundzwanzig Jahren wieder? Da ist nichts, außer dass wir uns gut verstehen? Ihrem sparsamen Blick wollte er lieber entgehen. Es ihr zu sagen, hätte Ärger bedeutet und Ärger hatte er genug. Also hatte er es für sich behalten (wie so viele andere Dinge, die er mit sich herum schleppte) und sich einen Vormittag frei genommen. Seiner Frau hatte er gesagt, dass er zur Arbeit führe. Das hatte er aber an

167

diesem Tag nicht getan. Anstatt zur Arbeit war er zu einem Café gefahren, vor dem er auf sie wartete. Bei der Erinnerung an das Warten auf das erste Treffen nach so vielen Jahren hatte er bis heute wieder dieses Kribbeln in der Magengegend. Er hatte da gestanden und auf sie gewartet. Er entdeckte sie erst, als sie schon fast vor ihm stand. Ihr Gang war der gleiche wie früher. Sie ging nicht, sie marschierte. Das hatte sie schon immer getan. Manche Dinge veränderten sich eben nie. Genauso wie ihr Lachen. Auch das war wie früher. Sie nahmen sich in die Arme und gingen in das Café. Er war nicht auf das vorbereitet gewesen, was er dann erlebte und sie sagte ihm später, dass es ihr nicht anders ergangen sei. Sie verstanden sich. Mehr als gut. Es war ein Frühstück, das so schnell verging, dass er nicht wusste, wann er sich das letzte Mal so wohl und lebendig gefühlt hatte. Als er sich an dem Tag für den Nachmittag bei der Arbeit krank meldete, da hatte er es selbst kaum glauben können. Schließlich saßen sie in seinem Auto und ohne genau zu wissen warum er das tat, hatten sie plötzlich vor diesem Hotel gestanden. Sein Verstand hatte sich damals schon verabschiedet. Dann war alles sehr schnell gegangen.

Als er mit ihr gegen Abend aus dem Hotel kam, waren sie nicht mehr die, die sie vorher gewesen waren. Alles was man einem Menschen an Zärtlichkeiten, Leidenschaft und Liebe geben konnte, hatten sie einander geschenkt. Er wusste nicht, wann er sich das letzte Mal so vollkommen gefühlt hatte. Er hatte einen der schönsten Tage seines Lebens mit einer Frau geteilt, die ihn schon sein ganzes Leben begleitete. Natürlich verabschiedeten sie sich. Sie fuhr zurück zu ihrer Familie und er nach Hause zu seinen Kindern und seiner Frau. Sein Leben war noch das Gleiche, nur er hatte sich an diesem Tag verändert und passte irgendwie nicht mehr so ganz hinein, in sein eigenes gutes altes Leben. Aber außer ihm merkte das glücklicherweise niemand.

Und dann kam es, das schlechte Gewissen. Groß, dick, breit. Alles einnehmend und verdeckend. Wie ein riesiger Geröllbrocken stand es in seinem Leben und verhinderte alles. Es war ihm nichts anderes übrig geblieben, er hatte sie förmlich aus seinem Leben gelöscht. Er wollte wieder der Alte werden und seine erste Liebe hielt ihn davon ab. Er musste sie und jeden Gedanken an sie loswerden, damit er endlich wieder in sein altes Leben schlüpfen konnte. Auch wenn es hinten und vorne nicht passen wollte. Es war zu eng für ihn geworden, aber es war das einzige Leben das er hatte. Da er es nicht ungeschehen machen konnte, versuchte er es wenigstens zu vergessen. Das war vor drei Jahren gewesen. Seit dem Abschied vor dem Hotel hatten sie sich nicht mehr wieder gesehen. Er hatte den Kontakt vollständig zu ihr abgebrochen. Keine ihrer Mails hatte er beantwortet. Ihre Anrufe hatte er ignoriert. Er wollte sich nicht vorstellen, wie sehr sie das verletzt haben musste. Dass sie ihn dann ebenfalls ganz aus ihrem Leben gelöscht hatte, konnte er ihr wirklich nicht verdenken. In keinem der virtuellen Netzwerke hatte er sie mehr finden können. Überall nur Leere. Er konnte das verstehen. So wie er sich benommen hatte, er hätte genauso wie sie gehandelt. Und eigentlich war es ihm sogar ganz lieb so. Auch seine Geburtstags-wünsche (die einzige Nachricht an sie, zu der er sich hatte durchringen können) hatte sie ignoriert.

Sein Leben war weiter gegangen. Er lebte weiter sein perfektes Leben und redete sich ein, dass er es doch wirklich gut getroffen hatte. Alles hätte gut sein können, wenn er nur nicht jeden Tag an die Zeit mit ihr im Hotel hätte denken müssen. Dabei wusste er nicht einmal genau, was er für sie empfand. Aber dieser Tag mit ihr… so etwas hatte er vorher noch nie erlebt. Wenn er auch nicht wusste, was das für ihn bedeutete. Irgendetwas musste es bedeuten. Dabei war sein sehnlichster Wunsch in sein altes Leben zu passen, aber es wollte und wollte sich nicht mehr an ihn schmiegen, sein gutes altes Leben. Es war ihm zuwider. Sein Kakao war kalt, er leerte die Tasse mit einem Schluck und schaute auf seine Uhr. Gleich war es soweit. Er hatte sich in das Café gesetzt, um die Zeit bis zum Treffen mit ihr zu überbrücken. Es wurde Zeit, sich auf den Weg zu machen. Sie hatte den Spielplatz im Stadtpark um die Ecke als Treffpunkt vorgeschlagen. Was hätte er dagegen haben sollen? Nur noch fünfzehn Minuten, dann musste er los.

Es hatte ihn überrascht, dass sie ihm eine Nachricht geschickt hatte. Als er vor ein paar Wochen seine Mails bei der Arbeit kontrolliert hatte, da war ihm sofort ihr Name ins Auge gesprungen. Mehrmals hintereinander hatte er ihre kurze Nachricht gelesen. Sie hatte ihre Nachricht sehr sachlich und kurz formuliert. Sie wollte ihn treffen. Ein Treffen, das war alles. Er wusste nicht warum oder was das zu bedeuten hatte, nach drei Jahren. Aber er stimmte ihrem Terminvorschlag zu. Warum er das getan hatte, wusste er selbst nicht. Vielleicht weil er trotz aller Bemühungen immer wieder an sie und den gemeinsam verbrachten Tag denken musste? Vielleicht, weil er sie schon so lange kannte? Vielleicht, weil er einfach nur herausfinden wollte, was er fühlte? Seitdem dachte er nach. Allerdings war ihm bis jetzt nichts Erhellendes eingefallen. Und da sein Verstand sich verweigerte, war er auf sich gestellt. Auf sich und sein Gefühl. Das war schwer, denn wenn es um Gefühle ging, war er blutiger Anfänger. Wenn man immer die eigenen Gefühle verdrängte, wie sollte man dann wissen, was das für ein Gefühl war, dass da über einen hinweg schwappte? Er wusste schon jetzt, dass er noch viel Zeit mit dem „Gefühle erkennen" würde verbringen müssen. Sein Verstand ließ ihn, je älter er wurde, immer häufiger im Stich. Warum wollte er sie wieder sehen? Was würde dann passieren? Warum sie ihn wohl treffen wollte? Fragen über Fragen, die er alle nicht beantworten konnte.

Er schloss die Augen und versuchte ruhig zu bleiben. Er wartete. Die Bilder in seinem Kopf ließen nicht lange auf sich warten. Er sah sie wieder, wie sie als junges Mädchen mit ihm im Freibad auf der Decke gelegen hatte. Das Bild von ihr verschwamm mit dem Bild, das sich in sein Gedächtnis eingebrannt hatte, als sie neben ihm als Frau gelegen hatte. Damals vor drei Jahren. Sie hatte sich über seine grauen Haare lustig gemacht und ihn gefragt, wie es hatte passieren können, dass er so behaart war. Dann hatte sie gelacht. Sie hatten an diesem Tag nicht nur schöne, sondern auch lustige Stunden gehabt. Er konnte sich nicht erinnern, wann er das letzte Mal so viel Spaß mit jemand gehabt hatte. Es war einfach schön gewesen.

Was würde passieren, wenn sie sich heute wieder sehen würden? Vielleicht sollte er einfach wieder nach Hause fahren. Unmöglich, alles in ihm sträubte sich dagegen. Er wollte nicht nach Hause. Er wollte sie wieder sehen. Der Wunsch war so groß, dass er nicht anders konnte. Er musste zu diesem Treffen mit ihr. Und in dem Moment wusste er, dass er dabei war, alles aufs Spiel zu setzen. Sein ganzes Leben. Obwohl er nicht wusste, was er für sie empfand, war ihm klar geworden, dass er durch das Treffen mit ihr einen anderen Blick auf das Leben bekommen hatte. In ihm war eine Sehnsucht gewachsen. Er sehnte sich nach einem Leben, das er nicht hatte. Obwohl er nicht wusste, wie es aussehen sollte, war das doch die treffendste Beschreibung, die er finden konnte. Er wollte etwas erleben, etwas anderes erleben als bisher. Nicht mehr jeden Tag das Gleiche und nicht immer so tun, als wäre er mit allem zufrieden. Nicht immer alle Erwartungen erfüllen. Aber wie konnte das gelingen, wenn man selbst derjenige war, der die größten Anforderungen an sich selbst stellte?

Auch wenn er momentan nicht wusste, welche Rolle sie in seinem Leben spielen würde, sie hatte ihn daran erinnert, wer er wirklich war. Wer er früher einmal gewesen war und den er auf seinem Weg zum perfekten Leben sträflich vernachlässigt hatte. Der, der Illusionen, Wünsche und Träume gehabt hatte. Er war einmal ein anderer gewesen. Und den wollte er, mit allen Facetten, die im Laufe der Zeit verschüttet worden waren, gerne einmal wieder sehen. Er war sich sicher: Wenn er jetzt nicht begann, nach sich selbst auf die Suche zu gehen, er würde für immer verschwinden. Dann war von dem Menschen, der er früher mal gewesen war, vielleicht am Ende nichts mehr übrig.

Er stand auf und bezahlte. Dann ging er zur Tür und nahm sich vor herauszufinden, was das Leben noch an Schönem, Neuem für ihn bereithielt. Er würde mutig sein und sich seinem Gefühl überlassen. Welchem auch immer. Sollte sein Verstand doch weiter in der Ecke schmollen. Er brauchte ihn nicht. Entschlossen stieß er die Tür des Cafés auf und war im Freien. Er atmete die frische Luft ein und war sich sicher: Heute würde alles möglich sein! Als er vor dem Café stand, schaute er die Straße hinunter. Er wusste welchen Weg er einschlagen würde. In Gedanken versunken bewegte er sich auf die Straße zu, die er überqueren wollte. Er hörte das Hupen nicht und das Letzte was er dachte, als er vom Bus erfasst wurde, war, dass ab heute sein Leben anders verlaufen würde. Es war jedoch zu Ende, bevor er auf dem Asphalt aufschlug.

Kapitel 11: Verpasstes Leben

Sie schaute sich um und erblickte sofort das rote Sofa. Sie war schon häufiger an diesem Café vorbeigegangen und hatte es zu ihrem Ort auserkoren. Hier wollte sie sich das erste Mal mit ihm verabreden. Diesen Entschluss hatte sie schon vor sehr langer Zeit gefasst. All die Jahre hatte sie darauf gewartet, aber heute sollte es endlich soweit sein. Sie fand, dass die Zeit nun endlich reif war. Endlich hatte sie sich überwunden und ihn zu einem Treffen eingeladen. Es war an der Zeit, nach all den Jahren, die sie sich nun schon geduldete.

Dabei sahen sie sich täglich. Er arbeitete mit ihr seit mehr als acht Jahren zusammen im gleichen Büro. Als er das erste Mal an ihrem Schreibtisch gestanden hatte, um sich bei ihr als der neue Auszubildende vorzustellen, da hatte sie es gewusst. Er hatte dagestanden, seine Hände versteckte er unsicher in den Hosentaschen und sie hatte in diesem Moment eine Gewissheit in sich gespürt, wie nie zuvor im Leben. Sie waren füreinander bestimmt! Sie wusste es, einfach so. Unglaublich war hingegen, dass nicht alle sofort erkannten, dass sie füreinander geschaffen waren. Nicht einmal er. Bedauerlicherweise sah nur sie, was doch alle Welt hätte erkennen müssen: Sie war die Frau, die ihr Leben lang auf ihn gewartet hatte. Nur bemerkte das niemand außer ihr. Ein Umstand, den sie nur schwer ertragen konnte. Dennoch hatte sie nicht aufgegeben, sondern darauf vertraut, dass die Zeit alles richten würde. Geduldig war sie gewesen und hatte abgewartet. Ihr ganzes Vertrauen setzte sie darauf, dass ihre Chance kommen würde. Heute war es soweit. Endlich würde das Warten ein Ende haben. Und es hatte sich gelohnt zu warten, das spürte sie. Ihre Hand griff wie von selbst zu ihrer Kette mit dem kleinen Kreuz, die sie schon seit ihrer Geburt trug. Immer wenn sie nervös wurde, verschaffte ihr das Kreuz ein wenig Sicherheit. Und sie war nervös. Sehr nervös! Denn nun war sie hier, im Café, so wie sie es sich immer gewünscht, erträumt und vorgestellt hatte. So, wie sie es seit Jahren plante. Es würde ein ganz besonderer Tag werden, das wusste sie einfach. In ihrem Magen machte sich ein aufregendes Kribbeln breit. Sie wusste, dass sich jetzt wieder an ihrem Hals diese hässlichen roten Flecken bildeten. Wie sie diese Flecken verabscheute.

Sie setzte sich aufrecht hin und wartete auf die Bedienung. Dabei schaute sie ihr Spiegelbild an und war sehr zufrieden mit sich. Dieses Rosa ihres Lippenstifts passte einfach hervorragend zu ihrer Bluse. Ihre Hand strich langsam über das aufwendige Stickmuster. Sie hatte so viel Mühe investiert bis es endlich perfekt war. Ein wenig reflektierten die sparsam verwendeten Lurexgarne das warme Licht der Lampe über ihrem Tisch. Sie seufzte leise. Wie sie ihre Stickmuster liebte. Sie verbrachte so viel Zeit damit, ihre Kreationen zu gestalten, dass jedes bestickte Kleidungsstück in seiner Einzigartigkeit besonders schätzenswert war. Die wenigsten Menschen hatten dafür Verständnis. Aber er wusste es zu würdigen. Sie hatte es in seinem Blick gesehen. Verstohlen hatte er immer wieder ihre verzierten Blusen angesehen. Es konnte nicht anders sein, ihm musste bewusst sein was ihr diese aufgestickten Meere aus Blüten und Gräsern bedeuteten. Er war nicht so gedankenlos wie die anderen. Ein Blick in seine Augen hatte ihr das verraten.

Mit der Hand fuhr sie die streng zurückgekämmten Haare nach und war froh, noch beim Friseur gewesen zu sein. Sie trug ihre langen Haare schon immer zu einem streng gebundenen Knoten. Sie fand, dass ihre wenigen grauen Haare so am wenigsten auffielen. Der Friseur versuchte zwar bei jedem ihrer Besuche sie zu einer anderen Frisur zu überreden. Aber sich die Haare abzuschneiden, kam keinesfalls in Frage. Ebenso wenig wie eine Tönung in einen dunkleren Braun- oder Rotton, die der Friseur ihr immer wieder aufschwatzen wollte. Sie hatte eben braune Haare, daran würde er nichts ändern. Auch wenn er immer wieder behauptete, dass sie aschblond waren. Er wurde nicht müde, ihr die schönen Farben anzupreisen, die ihrem Haar den fehlenden Glanz bringen würden. Dabei wusste sie selbst am besten was ihr stand. Wahrscheinlich wollte er nur seine Tönungen verkaufen. Aber sie hatte nicht vor, an sich etwas zu ändern. Mit einem Finger schob sie ihre Brille wieder auf die Nase zurück und schaute sich suchend um. Ein Blick auf die Uhr zeigte ihr, dass es nicht mehr lange dauern würde. Der Zeitpunkt ihrer Verabredung rückte näher. Sie klatschte vor Freude in die Hände.

Als sie das Klatschen hörte, wendete die Bedienung sich überrascht dem Geräusch zu. Zu ihrer Verblüffung saß eine Frau auf ihrem Sofa. Die hatte sie völlig übersehen. Das kam äußerst selten vor, dass ihr hereinkommende Gäste entgingen. Sofort wendete sie sich der Frau zu und hoffte, dass sie nicht zu lange hatte warten müssen. Sicher hatte sie nicht umsonst in die Hände geklatscht. Vielleicht wartete sie schon länger? Die Bedienung wischte schnell ihre Hände an einem Handtuch ab und machte sich auf den Weg zum Sofa. Während die Frau einen Hagebuttentee bestellte, musterte die Cafébesitzerin die Frau ausgiebig. Sie spürte, wie sich ein ungutes Kribbeln in ihrem Nacken ausbreitete, um sich unangenehm über den Rücken zu verteilen. Sie hätte nur schwer sagen können warum die Frau auf dem Sofa ihr derartiges Unbehagen bereitete. Etwas an ihr war seltsam, was nicht nur an Äußerlichkeiten festzumachen war. Auch wenn sich diese rosafarbene Bluse der Frau mehr als unschön vom roten Sofabezug abhob. Die Brille mit den pinkfarbenen Bügeln wollte dazu ebenso wenig passen, wie der ganze Rest der Erscheinung. Von diesen furchtbaren Stickblumen auf der Bluse mal ganz abgesehen. An dieser Frau passte nichts zueinander. Sie war falsch. Das ungute Kribbeln im Rücken der Bedienung ließ kaum gute Gedanken zu. Auf dem Rückweg in die Küche versuchte die Bedienung das Unbehagen abzuschütteln, um sich auf ihre Arbeit zu konzentrieren. Es gab immer wieder solche Momente. Da stellte sich plötzlich ein ungutes Gefühl ein. Das Unterbewusstsein hatte etwas wahrgenommen, was einfach nicht in das Bewusstsein rücken wollte.

Die Frau rutschte nervös auf dem Sofa herum und schaute erneut auf die Uhr. Eigentlich müsste er jeden Moment zur Tür hereinkommen. Sie hatte sich so hin gesetzt, dass sie die Tür im Blick hatte. In ihrem Kopf tobten die Gedanken wild durcheinander. Es gab so viele Situationen, die sie mit ihm in den letzten acht Jahren erlebt hatte. Situationen, die sich fest in ihr Gedächtnis eingebrannt hatten. Da war zum Beispiel der letzte Betriebsausflug. Da hatte er sich neben sie gesetzt, als sie mit der Straßenbahn unterwegs gewesen waren. Ganz dicht hatten sie nebeneinander gesessen. Bei der Erinnerung schluckte sie schwer und schloss für einen kurzen Moment vor Verzückung die Augen. Kein Wort war damals zwischen ihnen gefallen. Er gehörte zu den schweigsamen Typen. Das schätzte sie sehr an ihm. Sie selbst hatte immer viel zu erzählen, aber in seiner Gegenwart wollte ihr an diesem Nachmittag in der Straßenbahn einfach nichts einfallen. So hatten sie still nebeneinander gesessen. Erst hatte er lange im Gang der Straßenbahn gestanden, obwohl der Platz neben ihr von Anfang an frei gewesen war. Sie hatte ihn erst darauf aufmerksam machen müssen. Nur kurz hatte er gezögert und sich dann neben sie gesetzt. So dicht, dass sie sein Deodorant ganz deutlich hatte riechen können. Berauschend war noch heute die Erinnerung daran. Nur mit Mühe konnte sie die Frage nach der Marke für sich behalten. Sie hatte es auch ohne seine Hilfe herausgefunden. Auch wenn es einige Zeit in Anspruch genommen hatte. In der Drogerie hatte sie alle in Frage kommenden Produkte ausprobiert. Nach einigen Anläufen hatte sie es wenige Tage später herausgefunden. Das kleine Fläschchen zierte seit dem ihren Nachtschrank. Ihre Mutter, mit der sie sich das Schlafzimmer teilte, hatte es irritiert zur Kenntnis genommen. Nachgefragt hatte sie hingegen nicht. Die Troddeln der Nachttischlampe verdeckten das Deodorant fast vollständig. Ihre Mutter war mittlerweile alt und sehr vergesslich. Sie dachte schon bald nicht mehr an das Fläschchen. Jeden Abend, wenn sie ihrer Mutter ins Badezimmer geholfen hatte, nutzte sie die Gelegenheit, um den Duft des Fläschchens zu genießen.

Was das für Gedanken in ihr auslöste. Sie griff schnell zum Kreuz an ihrer Kette und schluckte schwer.

Wieder rutschte sie auf dem Sofa hin und her, fest entschlossen ihren wirren Erinnerungen Einhalt zu gebieten. Heute würde sie den Geruch wahrhaftig schnuppern dürfen. Vielleicht würde sie ihn sogar berühren können. Heute sollte der Tag der Veränderungen sein, sie hatte sich das fest vorgenommen. So viele Jahre hatte sie gewartet. Wenn sie sich zurück erinnerte, dann war ihr gesamtes Leben in einer Warteschleife stecken geblieben. Sie wartete auf die große Liebe, auf den Richtigen. Sie hatte sich für den Mann ihres Lebens aufgespart, in der Gewissheit, dass es ihn geben würde. All die Jahre hatte sie sich die Hoffnung fest im Herzen bewahrt, dass er eines Tages vor ihr stünde. Natürlich hatte sie sich Kinder gewünscht, aber der Herrgott hatte nun Mal anderes mit ihr vor. Sie sollte einen anderen Weg einschlagen, einen ungewöhnlicheren Weg. Sie war eben etwas Besonderes. Und so waren die Jahre an ihr vorüber gezogen. Jahre in denen nichts passierte. Sie hatte ihr Leben mit ihrer Mutter geteilt und wartete. Jahr für Jahr. Es passierte so plötzlich, wie so etwas wohl immer passierte. Er war in ihr Leben getreten. Unverhofft und spät, aber für sie unverkennbar. Die ganzen vielen langen Jahre hatte sie auf ihn gewartet. Der große Altersunterschied war nur kurz überraschend gewesen. Es gab so viele Männer, die fünfundzwanzig Jahre älter als ihre Frauen waren. Warum sollte das umgekehrt nicht auch möglich sein? Die Liebe fragt nicht nach dem Alter. Die Vorsehung hatte sie endlich zusammen geführt, nur war er zu jung, um das zu erkennen. Deshalb war sie heute hier. Entschlossen ihre Liebesgeschichte selbst in die Hand zu nehmen. Sie war die Ältere, sie musste sich der Verantwortung stellen. Ihm die Augen öffnen. Endlich würde er erkennen müssen, was er die ganze Zeit nicht hatte sehen können. Zwischen ihnen gab es ein Band, das sie unzertrennlich machte. Dann würde er sich endlich dem Gefühl ergeben können. Nach all den Jahren des Denkens, der Hoffnung und des Wartens war sie sich sicher, dass er nur Angst hatte und deshalb nicht auf sie zugekommen war. Aber die Angst war unbegründet, sie würde ihm helfen, die Liebe mit ihr zu entdecken. War sie doch selbst gespannt darauf, was sie alles erwartete.

Die Bedienung hatte den Tee gebracht und auf den Tisch gestellt. Während sie der Bedienung hinterher schaute, rückte sie energisch ihre Brille zurecht. Ein Blick auf den Teebeutel löste leichten Ärger in ihr aus. Diesen Hagebuttentee mochte sie am wenigsten. Es gab mehrere Hagebuttentees, die sie dieser Sorte entschieden vorgezogen hätte. Sie fischte den Beutel aus der Tasse und holte ihren eigenen Zucker aus der Handtasche. Er schmeckte einfach besser als alle anderen Zuckersorten. Außerdem konnte sie auf diese Weise sicherstellen, dass sie keinen Ausschlag bekam. Es reichte ein Löffel des falschen Zuckers und sie würde in den schillerndsten Farben „erblühen". Leider gab es viele Auslöser für ihren Hautausschlag. Manchmal reichte schon eine Luftveränderung. Am besten war es, wenn sie ihre Haut so wenig wie möglich belastete. Sie hatte sich deshalb auch noch nie geschminkt, da war sie sehr stolz drauf. Ihr Hang zu Ekzemen war auch der Grund weswegen sie sich heute Morgen eine Extraportion von ihrer Allergiesalbe aufgetragen hatte. Sie wollte ihm auf keinen Fall mit einem Ausschlag gegenüber treten. Dass ihre Brille deswegen immer ein wenig von der Nase rutschte, ließ sich leider nicht vermeiden. Aber daran hatte sie sich gewöhnt. Sie nahm es kaum noch wahr und alles war besser als dieser fürchterliche Hautausschlag.

Eigentlich hätte er längst da sein müssen. Auch aus diesem Grund hatte sie das Café ausgewählt, weil er es gut zu Fuß von seiner Wohnung aus erreichen konnte. Am Morgen war sie erst noch bei ihm vorbei gefahren, um zu überprüfen, ob er zu Hause war. Früher hatte sie das nur hin und wieder getan. Mittlerweile war es eine willkommene Routine geworden. Morgens und abends schaute sie nach, ob sein oder ein fremdes Auto vor der Tür stand. Meistens war er allein. Es kam nur selten vor, dass er mit Freunden unterwegs war. In den letzten acht Jahren hatte es nur zwei Frauen in seinem Leben gegeben. Die waren aber nicht lange geblieben. Bei dem Gedanken an den Schreck, den sie damals erlitten hatte, schnürte sich erneut ihr Herz zusammen und sie schickte ein kurzes Gebet zum lieben Herrgott. Möge er ihr den Schmerz nehmen, den selbst die Erinnerung in ihr auslöste. Fest umklammerte sie ihre Kette.

Das erste Mal, als sie beobachten musste, wie er sich dieses junge Mädchen mit nach Hause genommen hatte, war sie außer sich vor Verzweiflung gewesen. Dabei hatte nur der Zufall dafür gesorgt, dass sie davon erfahren hatte. Nach der Arbeit war sie, wie so häufig, an seinem Haus vorbei gefahren. Ein Blick hatte gereicht. Sie hatte gesehen, wie das junge Ding aus dem Auto gestiegen war. Natürlich hatte sie sich sofort in eine freie Parklücke gestellt. Sie wollte es nicht wahr haben, aber die junge Frau steuerte genau auf seine Haustür zu. Sie hatte noch nicht geklingelt, als er die Tür öffnete und sie fest umarmte. Er hatte sie mit Küssen überschüttet und dann war die Tür ins Schloss gefallen. Sie saß allein in ihrem Auto auf der Straße vor dem Haus. Fast hätte sie den Verstand verloren. Die ganze Nacht hatte sie vor seinem Haus gewartet. In der Wohnung erhellten Lichter verschiedenste Zimmer, um nach und nach wieder gelöscht zu werden. Dann wurde es finster. Die junge Frau kam nicht heraus. Sie blieb. Die ganze Nacht. Sie selbst hatte diese Nacht verzweifelt vor seinem Haus im Auto verbracht. Immer wieder Stoßgebete an den lieben Herrgott gesendet, dass er ihr helfen möge. Sie wusste, dass gerade eine andere ihren Platz an seiner Seite einnahm. Wie hätte sie das ertragen sollen? Es gab keinen Weg. Es konnte nicht sein, dass sie die Jahre vergeblich gewartet hatte. Erst am nächsten

Morgen hatte sie mit ansehen müssen, wie beide zusammen aus seiner Haustür kamen. Sie fühlte noch heute die Wut, wenn sie daran dachte, wie lange sich die Beiden zum Abschied geküsst hatten. Sie hatte hilflos nur einige Meter entfernt in ihrem Auto gesessen und zuschauen müssen. Dabei war es ihr Mann, den diese Frau da küsste. Die Küsse gehörten ihr! Dieses kleine Miststück hatte ihn geblendet und der Arme war darauf hereingefallen. Hilflos war er den Reizen dieser jungen Frau erlegen. Sie hatte in diesem Moment genau gewusst, dass sie etwas unternehmen musste. Sie musste ihm helfen, den wahren und richtigen Weg wiederzufinden. Wütend war sie der Frau in ihrem Auto gefolgt. Sie wollte wissen, was das für eine Person war, die ihren Platz einzunehmen drohte. Den Platz, auf den sie ihr Leben lang gewartet hatte und der für sie bestimmt war. Kampflos würde sie nicht aufgeben! Dieses junge Ding hatte ja keine Ahnung, mit wem sie sich anlegte.

Ein Schluck des Hagebuttentees ließ sie ihr Gesicht verziehen. Sie wusste noch sehr gut, wie sie der Frau in ihrem Fiat durch die ganze Stadt gefolgt war. Durch den dichten Verkehr, bis das Auto endlich vor einer Bäckerei gehalten hatte. Es stellte sich heraus, dass die junge Frau dort arbeitete. Sie beobachtete, wie sie im Laden verschwand. Sie verbrachte den gesamten Tag im Auto. Wartend vor der Bäckerei und unwissend, was als nächstes zu tun sei. Ohne zu überlegen, folgte sie ihrer ahnungslosen Nebenbuhlerin nach Hause, als diese abends die Bäckerei hinter sich gelassen hatte. Die kleine Bäckerin hatte nicht gemerkt, dass sie verfolgt wurde und verschwand in ihrem Haus. Wieder war sie in der Warteposition und überlegte fieberhaft, was sie tun könnte, um das Unheil abzuwenden. Es musste doch eine Lösung für dieses Problem geben. Sie konnte doch nicht kampflos zusehen, wie ihr Leben ruiniert wurde. Als ihr Blick auf das Auto der Brötchenverkäuferin fiel, schoss ihr die Lösung durch den Kopf. Es war so einfach! Als sie endlich müde nach Hause fuhr, war sie sehr zufrieden mit sich. Denn wenn ihr Vorhaben gelänge, ließen sich alle Probleme mit einem Schlag lösen.

Noch jetzt, als sie im Café darüber nachdachte, war sie selbst erneut überrascht, wie einfach alles gewesen war. Sicher, etwas Glück hatte sie auch gehabt. Aber, das A und O war die gute Vorbereitung gewesen. Sie hatte viel Zeit in der Bücherei verbracht, um alles über das Automodell seiner neuen

Freundin zu lernen. Es dauerte nicht lange und sie hatte alle technischen Details verinnerlicht. Mehr brauchte sie nicht. Es war so einfach gewesen, das Auto zu manipulieren. Das dumme Ding hatte den Zusammenstoß mit der Leitplanke auf der Autobahn nicht überlebt. Wie auch, wenn die Bremsen nicht funktionierten? Dass das Auto dazu noch ausbrannte, war wirklich ein Glücksfall gewesen. Der Fall wurde als Unfall mit Todesfolge zu den Akten gelegt. Wie hätte auch jemand auf etwas anderes kommen sollen? An jedem Tag dankte sie Gott für seine Unterstützung. Die Gewissheit, auf dem richtigen Weg zu sein, begleitete sie seitdem stetig.

Natürlich hatte er getrauert. Es vergingen sogar einige Jahre, bis er sich erholt hatte. Diese Zeit hatte sie ihm zugestanden, er war ja noch so jung, was sollte er von der Vorbestimmung zweier Menschen füreinander wissen? Die andere junge Frau, die vor einigen Jahren bei ihm auftauchte, war dann auch ohne ihre Hilfe sehr schnell wieder verschwunden. Wahrscheinlich hatte er sich von ihr so schnell getrennt, weil er insgeheim spürte, dass es nicht richtig war. Aber der liebe Gott hatte sie mit einer Geduld gesegnet, die ihresgleichen suchte.

Seit seiner Trennung von dieser nichtssagenden Frau wartete sie. Er musste doch erkennen, dass er zu niemanden gehörte, als zu ihr. Stattdessen litt er lange fürchterlich unter der erneuten Trennung. Längere Zeit war er nicht zur Arbeit erschienen. Das war so schmerzhaft für sie gewesen. Wochenlang hatte sie ihn nicht zu Gesicht bekommen. Aber auch das war vorbei gegangen und bevor noch weitere unschöne Dinge passieren sollten, wurde es Zeit, dass er endlich seiner Bestimmung folgte. Sie war des Wartens müde und jünger würde sie auch nicht mehr werden. Er sollte seinen Platz an ihrer Seite einnehmen. So wie es Gottes Wille war. Tief in ihm musste dieses Gefühl schlummern. Heute würde sie es in ihm wecken. Er musste endlich erkennen, dass sie seine Frau war. Dann konnte alles gut werden. Dessen war sie sich sicher. Als sie ihm ein Treffen im Café vorgeschlagen hatte, war sein Blick voller Fragen gewesen. Als würde er wissen, dass dieser Tag eine Wende in seinem Leben bedeutete. Auch wenn er versucht hatte, sich nichts anmerken zu lassen. Seine Frage, ob es um etwas Berufliches ging, war mit Sicherheit nur vorgeschoben gewesen. Sie hatte ihm verstohlen zugezwinkert und gesagt, dass es nicht um die Quartalszahlen ginge. Er solle sich überraschen lassen. Auch wenn sich seine Stirn dabei in Falten gelegt hatte, den Termin notierte er sich sorgfältig im Kalender.

Als sie auf ihre Uhr schaute, stellte sie mit Erschrecken fest, dass er mittlerweile sehr viel zu spät war. Hoffentlich war ihm nichts passiert? Sie wurde plötzlich sehr unruhig und in ihr breitete sich mit rasender Geschwindigkeit Eiseskälte aus. Nervös kramte sie ihr Handy aus der Handtasche. Es war ein altes Modell und sie benutzte es so gut wie nie. Dennoch hatte sie es immer bei sich, für Notfälle. Für etwas anderes benötigte sie es in der Regel nicht. Sie wurde von niemanden angerufen. Weder zu Hause, noch auf dem Handy. Als sie jetzt einen Blick auf das Display warf, bekam sie einen Riesenschreck. „Eine neue Nachricht" war da zu lesen. Es dauerte mehrere Minuten, bis sie die Nachricht geöffnet hatte, um sie endlich lesen zu können. Die Minuten kamen ihr wie eine lange Ewigkeit vor. Es war ihre erste SMS, die sie bekommen hatte. Eine SMS von ihm. Beim Lesen des Inhalts schnürte sich ihr Herz zusammen. Sie las sie immer und immer wieder, in der Hoffnung, dass es nicht wahr war. Aber es wurde nicht anders, auch wenn sie den Text noch so oft las. In ganz knappen

Worten hatte er die Verabredung abgesagt und den Vorschlag gemacht, sich im Büro zu einem anderen Termin zu treffen. Einen schönen Abend hatte er ihr gewünscht. Wie konnte er nur! Sie so zu verhöhnen. Kein Abend würde von nun an noch schön werden können. Weder für sie, noch für ihn. Wütend schmiss sie ihr Handy zurück in die Tasche. Schnell kramte sie ein paar Euros für den Hagebuttentee heraus und legte sie auf den Tisch. Dann verließ sie im Eilschritt das Café. Sie würde die Dinge selbst in die Hand nehmen müssen. Auch jetzt würde sie mit Gottes Hilfe eine Lösung finden. Er würde verstehen müssen, dass sie zusammen gehörten. Sie war entschlossen, ihn zur Ausübung seiner Pflicht zu zwingen. Gottes Wille musste geschehen.

Die Cafébesitzerin schaute ihr hinterher, als sie die Tür des Cafés hinter sich gelassen hatte. Diese seltsame Frau war ganz schön schnell gewesen, das musste man ihr lassen. Für eine Frau ihres Alters hatte sie ein ganz schönes Tempo vorgelegt.

Kapitel 12: Erstes Date

Als sie die Tür zum Café aufgestoßen hatte, atmete sie tief durch und machte einen Schritt nach vorn. Hinter ihr fiel die Tür mit einem Klingeln ins Schloss. Sie hörte die leise Musik im Hintergrund und musste nur kurz überlegen. Das war eindeutig Prokovjew. Romeo und Julia. Wenn sie es nicht besser gewusst hätte, sie wäre sich wie in einem Hollywoodstreifen vorgekommen. Romeo und Julia, das erste Date im Café... Als wenn es so was gäbe. Sie war schließlich keine 14 mehr, sondern 44. Da musste die Romantik schon mal der Realität aus dem Weg gehen. Sie schaute sich um und stellte fest, dass außer ihr nur noch zwei weitere Gäste im Café waren. Beide saßen an verschiedenen Tischen. Die Frau hatte ein Netbook vor sich und schien zu arbeiten. Der ältere Herr hatte sich hinter einer Zeitung versteckt. Sie schaute sich um und suchte einen Platz, der möglichst weit weg von den anderen Gästen war. Da fiel ihr das Sofa ins Auge. Auch wenn es sicher unpassend war, sich beim ersten Treffen nebeneinander auf ein Sofa zu setzen, so war es doch die ruhigste Ecke im Café.

Nach kurzem Zögern und auf der Suche nach einer Alternative, entschied sie sich für das Sofa. Denn was sie bei einem ersten Treffen überhaupt nicht brauchen konnte, war das Gefühl, dass jemand ihre Gespräche mit anhören könnte. Sie setzte sich auf das Sofa und hatte die Gelegenheit, sich über ihre Pünktlichkeit zu ärgern. Sie hasste es zu spät zu kommen. Deshalb war sie meistens pünktlich, oft sogar überpünktlich. Da saß sie nun, wartete und schaute auf die Uhr. Ein paar Minuten hatte er ja noch, um rechtzeitig zum Date zu erscheinen. Sie atmete tief ein und bestellte ein Glas Wasser und einen Kaffee. Dann zog sie ihre Jacke aus und legte sie mit ihrer Handtasche neben sich auf das Sofa. Da kamen auch schon ihre Getränke. Ein Blick zur Tür verriet ihr, dass er aber noch auf sich warten ließ. Sie verspürte dieses leichte Kribbeln in der Magengegend. Früher als sie noch jünger war, da hatte sie ein *richtiges* Kribbeln bei der ersten Begegnung mit einem Mann verspürt. Als würden unzählige Käfer in ihrem Magen wimmeln. Je älter sie wurde, desto kleiner wurde das Kribbeln. Mittlerweile hüpften nur noch müde Mücken unmotiviert umher.

Sie nippte an ihrem Kaffee und es beschlich sie das Gefühl, dass sie in vergleichbaren Momenten immer ergriffen hatte: *Was mache ich hier eigentlich*? Wieso treffe ich mich mit einem Mann, den ich nur ein paar Mal in der Kletterhalle gesehen habe? Sie hatten mehrere Male nebeneinander die Kletterrouten belegt. Sich kurz unterhalten, nichts Besonderes, wenn man in einer Halle klettert und sich immer wieder über den Weg läuft. Nur weil man mal zusammen nett geplaudert hat, musste man ja nicht gleich zusammen Kaffee trinken gehen. Aber da meldete sich auch schon die andere bekannte Stimme, die ihr zuflüsterte: «Aber es spricht auch nichts dagegen, es zu tun!» Was letztendlich richtig oder falsch war? Heute Abend würde sie es wissen, je nachdem ob sie ein schlechtes oder gutes Gefühl nach Hause begleiten würde. Dann stellte sich heraus, welche der beiden Stimmen Recht behalten sollte. Sie war gespannt. Obwohl sie die Situation, wie es letztendlich zu diesem Date gekommen war, recht amüsant gefunden hatte.

Maik, der Mann, der sie momentan warten ließ, hatte plötzlich in der Kletterhalle vor ihr gestanden und sich für seine Aufdringlichkeit entschuldigt. Für einen Moment hatte ihr das die Sprache verschlagen. Nicht, dass sie ansonsten nicht wusste, was sie sagen sollte. Es lag vielmehr daran, dass sie keine Ahnung gehabt hatte, was er damit meinte. Welche Aufdringlichkeit? Sie schaute ihn stumm an und wartete. Ihre Ahnungslosigkeit ließ ihn ebenso ratlos dastehen. Sie standen sich gegenüber und schwiegen sich ein Weilchen an. Unwissend, was als nächstes zu tun sei. Schließlich hatte sie ihn gefragt, wofür er sich genau entschuldigen wollte. Dann hatte er ihr mit vielen «ehms» und «ähs», zu erklären versucht, was er mit „aufdringlich" gemeint hatte. Bis sie seine Geschichte verstanden hatte, brauchte es einige Minuten. Dabei war es, im Grunde genommen, ziemlich einfach:

Maik hatte ihr in der Kletterhalle einen Zettel in ihren Rucksack gesteckt. Der Rucksack stand wie der von allen anderen Kletterern auf den Bänken und unter den Tischen, die am Rand der Kletterhalle zum Ausruhen einluden. Auf seinen Zettel hatte Maik nicht nur die Frage formuliert, ob sie mit ihm Kaffee trinken wolle, sondern auch seine Telefonnummer. Unterschrieben hatte er das Ganze mit seinem Namen. Da sie sich schon einige Male in der Kletterhalle kurz unterhalten hatten, war er davon ausgegangen, dass das als Information ausreichen würde. Als er am gleichen Tag seinen Zettel vor der Herrenumkleidekabine auf dem Boden wieder fand, war er, was er unumwunden zugeben musste, enttäuscht. Hatte sie ihn achtlos weggeworfen? War sie wütend gewesen und hatte ihm den Zettel vor die Umkleide gelegt? Er hatte das Blatt Papier wieder an sich genommen und war nach Hause gefahren. Bereit alles möglichst schnell zu vergessen. Das Gefühl der Enttäuschung war jedoch größer statt kleiner geworden und schnell dem Gefühl der Peinlichkeit gewichen. Was war er für ein Idiot! Zettel schreiben, wie ein Grund-schüler. Er schüttelte selbst den Kopf über sich. Warum hatte er sie nicht einfach gefragt? Wenn er sich nur getraut hätte. Er war ja so dämlich. Und jetzt musste sie ihn für einen ganz schönen Kauz halten und wahrscheinlich fand sie ihn auch noch auf-dringlich. Deshalb plagte ihn nun auch noch das schlechte Gewissen. Das hatte dann beim nächsten Zusammentreffen dazu geführt, dass er ohne zu zögern seine Entschuldigung bei ihr losgeworden war.

Sie war mehr als verwundert, weil sie seinen Zettel gar nicht bekommen hatte. Sie wusste nicht einmal, dass er in ihrem Rucksack gewesen war. Wahrscheinlich war er ihr herausgefallen, als sie auf dem Weg zum Ausgang gewesen war. Alle Aufregung war umsonst gewesen. Da beide nicht wussten, was es darauf zu sagen gab, schwiegen sie sich erneut an. Er stand vor ihr und sein Blick hätte jeden Dackel neidisch machen können. Als er stotternd zu einer erneuten Erklärung ansetzte, unterbrach sie ihn schnell: «Also, wenn ich es richtig sehe, dann geht es hier um ein gemeinsames Kaffee trinken. Warum sollten wir nicht zusammen Kaffee trinken?» Ab da wurde es entspannter und nachdem sie dann ihre Telefonnummern ausgetauscht hatten, wurde schnell ein gemeinsamer Termin gefunden. Der hatte sie in dieses Café geführt. Zu diesem Sofa, auf dem sie wartend saß. Man konnte durchaus sagen, dass sie keinen einfachen Start gehabt hatten.

Sie schaute auf die Uhr. Jedenfalls war er nicht überpünktlich. Was wollte sie von diesem Mann? Wollte sie überhaupt was von ihm? Wollte sie überhaupt *irgendwas* von *irgendeinem* Mann? Wo es ihr gerade alleine endlich wieder gut ging. Würde sie das für irgendjemanden aufgeben wollen? Und wenn ja, für wen eigentlich? Was musste derjenige ihr denn zu geben haben? Musste er überhaupt was geben? Da schob sich eine weitere, sehr wichtige Frage in die erste

Reihe. Eine Frage, die die anderen sanft aber zielstrebig verdrängte, um zu unterstreichen, dass SIE eine wichtigere Frage wie die anderen war: Was hatte *sie* eigentlich zu geben? Gab es da etwas, was sie mit jemandem zu teilen bereit war? Konnte sie das noch, nach all den gescheiterten Beziehungen in ihrem Leben? Naja, so viele gescheiterte Beziehungen waren es dann ja auch nicht, korrigierte sie sich streng. Fünfzehn Jahre Ehe, dann fünf Jahre mit Paul, der mehr krank als gesund war und dann einige komische Affären. Wenn sie da nur an das letzte Fiasko mit dem Autohändler dachte, der es tatsächlich einige Monate geschafft hatte ihr den perfekten Mann vorzuspielen. Nur durch Zufall war sie dahinter gekommen, dass er psychotisch war und schon mehrere Aufenthalte in der Psychiatrie hinter sich hatte. Das hatte sie vollständig kuriert. Da sie es mehrere Monate nicht gemerkt hatte, war sie sich sicher, dass ihre Menschenkenntnis im Laufe der letzten Jahre irgendwo verloren gegangen war. Sie wollte erst mal nichts mehr von Männern wissen. Zu groß war die Enttäuschung gewesen. Was für eine Lügerei ihr da aufgetischt worden war. Das war schon unglaublich. Und sie hatte ahnungslos daneben gesessen und all das geglaubt, was er ihr erzählt hatte. Wenigstens war er Auto-händler, Geschichten erzählen war quasi seine Berufung. Aber auch das war wenig tröstlich. Auch wenn es nur drei gewesen waren, gescheiterte Beziehungen taten weh, das lag in ihrer Natur. Da machten sie wohl alle keinen Unterschied: Sie machten einem das Leben zur Hölle. Und jetzt hatte sie sich mühsam davon erholt und sich (wieder mal) ein neues Leben als allein erziehende Mutter von zwei wunderbaren Töchtern aufgebaut. Auch wenn die zwei Mädels mittlerweile schon so groß waren, dass sie lieber ohne die Mama in Urlaub fuhren. Aber es gefiel ihr so wie es war. So wie es jetzt war, war es endlich gut. Es war sogar mehr als das, es war schön. Wollte sie das aufgeben? War sie denn überhaupt in der Lage, sich in einen Mann zu verlieben? In Maik? Wollte sie das überhaupt?

Sie wusste es nicht. Liebe hin oder her. Die passierte doch einfach, oder nicht? Musste man dafür offen sein? War sie das? Und was war mit der Suche nach dem Gefühl der absoluten Geborgenheit? Das, was sie schon immer suchte, seit sie denken konnte, aber bis heute nie gefunden hatte. Weder bei ihren Eltern noch bei einem Mann. Hatte sie es denn in sich gefunden, dieses Glück mit sich selbst so zufrieden im Leben zu stehen, dass eine Beziehung nicht davon getragen wurde, das im anderen zu suchen, was man in sich selbst nicht finden konnte? Damit meinte sie nicht so etwas Banales wie *Geduld* wenn man selbst sehr ungeduldig ist. Für sie ging es dabei um so existentielle Dinge wie *Urvertrauen*. Sie hatte sich nie etwas sehnlichster gewünscht. Jemand, der für sie da sein würde, wenn sie alleine nicht mehr weiter wusste. Jemand, der in größter Not wissen würde, was zu tun sei. Jemand, der ihr die Dinge aus der Hand nahm, wenn sie am Ende ihrer Kräfte war. Jemand, der dennoch alles gut machen würde.

Darauf hatte sie ihr Leben lang gehofft, gewartet und doch war es ihr verwehrt geblieben. Mittlerweile war sie sich sicher, dass es für sie dieses Urvertrauen zu einem anderen Menschen nicht geben konnte. Vielleicht, weil sie es auch noch nie erlebt hatte. Was die Sehnsucht danach nicht kleiner werden ließ. Allerdings hatte sie seit der letzten gescheiterten Affäre viel dazu gelernt. Sie war sich mittlerweile sicher, dass es ausschließlich in ihr selbst zu finden war. Dieses Urvertrauen. Erst wenn sie sich selbst das Gefühl der Geborgenheit schenken konnte, würde alles gut werden können. Das

Schöne daran war, dass sie nur sich selbst dafür brauchte. Niemanden sonst. Stellte sich die spannende Frage: War sie schon so weit?

Der Kaffee war alle. Allerdings konnte sie sich nicht daran erinnern, dass sie ihn getrunken hatte. Sie bestellte einen zweiten und schaute wieder auf die Uhr. Er war mittlerweile fünf Minuten zu spät. Komischerweise störte sie das momentan nicht. Das Gefühl, einige Geistesblitze zu haben, beflügelte sie. Wer weiß wann die nächsten guten Ideen sie finden würden? Sie war sich sicher, dass es ihren Gedankenfluss positiv beeinflusste, wenn er jetzt noch einige Minuten auf sich warten ließ. Als ihr Kaffee kam, war sie sehr zufrieden mit sich und ihrer Gedankenwelt. Was sie jedoch keinen Schritt weiterbrachte. Die Fragen aller Fragen blieben in ihrem Kopf hängen: War sie bereit sich auf jemanden einzulassen und was hatte sie zu geben?

Sie stellte sich Maik vor. Optisch hatte er ihr gleich gefallen. Groß, schlank, schöne braune Augen. Bestimmt fanden das auch viele andere Frauen. Die wenigen Haare trug er glücklicherweise ganz kurz ohne diese albernen Gelfrisuren. Manche Männer, die schon in der Pubertät mit Gel ihre Haare frisierten, hatten dreißig Jahre später leider immer noch nicht damit aufgehört. Dabei hatte sie gar nichts gegen Gel im Haar. Wenn allerdings kaum noch Haare auf dem Kopf waren und sich die lichte Stelle auf dem Hinterkopf schon zu einer kreisrunden Platte vergrößert hatte, dann hatte so ein hoch gestylter Haarkranz etwas von einem Krönchen. Das fand sie mehr als seltsam, ziemlich grotesk sogar. Ein Mann, der ihr gegenüber stand und selbst nicht registrierte, dass er mit einer Möchtegern-krone unterwegs war. Wie konnte es sein, dass es verborgen blieb, dass sich auf dem Kopf die Gegebenheiten verändert hatten? Genauso seltsam wäre es gewesen, wenn sie sich Kleider in Größe 34 gekauft hätte, nur weil sie die als Teenager hatte tragen können. Dass sie nun Kleidergröße 38 trug, konnte sie ja auch nicht ignorieren. Warum ignorierten manche Männer dann ihr lichtes Haar und setzten sich ein Krönchen auf? Da waren ihr Maiks kurzen Haare lieber. Offenbar hatte er eine realistische Vor-stellung davon, wie es auf seinem Kopf aussah.

Sie schätzte ihn auf Mitte bis Ende vierzig. Bestimmt hatte der auch das eine oder andere Päckchen mit sich herum zu tragen. Wer hatte das in dem Alter auch nicht? Sie seufzte und beschloss an etwas anderes zu denken. Egal ob er ihr jetzt optisch gefiel oder nicht, das Beste war wohl gedanklich mal einen Gang runter zu schalten. Schließlich ging es hier nur um einen Kaffee, den sie zusammen trinken wollten. Wer weiß, vielleicht war er auch einfach nur nett. Dann könnten sie zusammen auf Klettertour gehen, wenn ihre Kletterpartnerin Iris nicht verfügbar war. Am besten erst mal abwarten. Als sie an ihren zweiten Kaffee nippte, schaute sie zur Tür und erblickte Maiks große Gestalt. Fast gleichzeitig fiel die Tür ins Schloss und sie hörte wieder die Klingel der Tür. Im gleichen Moment setzte ein weiteres Stück von Prokovjews „Romeo und Julia" ein.

Maik orientierte sich kurz im Café. Sein erster Gedanke war, dass die Musik wie bestellt kam. So passend, dass es falsch war. Was für eine Musik, ob er das ändern konnte? Er verwarf den Gedanken. In Bruchteilen von Sekunden nahm er ihre Gestalt auf dem Sofa wahr und fragte sich, womit er es verdient hatte, dass diese Frau auf ihn wartete. Er musste doch ein Glückspilz sein. Alles an ihr passte. Ihr Humor, wie sie sprach (er hatte sie schon lange in der Kletterhalle beobachtet und war davon fasziniert gewesen, dass sie mit ihren Händen unermüdlich unterstrich, was sie erzählte), aber vor allem ihr ansteckendes Lachen hatte ihn berührt. Er hatte lange gebraucht den Mut zu finden, um sie anzusprechen. Naja, eigentlich hatte er sich nicht getraut. Deshalb auch die Zettelaktion, die fast alles verdorben hätte.

Am Morgen hatte er beim Frühstück noch lange darüber nachgedacht, wie einfach es doch gewesen war, mit ihr zu diesem Treffen zu gelangen. Was war sie denn für eine Frau, dass sie mit ihm einen Kaffee trinken wollte? Er hatte sich vorgenommen, es heraus zu finden. Diesmal würde er keine Probleme konstruieren, weil er zu schüchtern war. Er hätte sie gleich einfach ansprechen sollen. Hatte er aber nicht. So war er nun mal und anders würde er auch nicht mehr werden.

Als er auf sie zuging, nahm er ihre Erscheinung ganz in sich auf. Die langen dunklen Haare, der rote Pulli, der perfekt zu ihren kleinen roten Ohrringen passte. Die silberne Kette ohne die er sie noch nie gesehen hatte, die schwarze Hose, die an ihr saß wie angegossen. So sah die perfekte Frau aus. Er sah sie an und hoffte, dass sie nicht gleich merken würde, wie sehr sie ihm gefiel.

Im Augenblick trank sie jedoch nur ihren Kaffee und winkte ihm zu. Erst jetzt registrierte er, dass sie auf dem einzigen Sofa saß, das in diesem Café stand. Er hatte dieses Café vorgeschlagen, weil es nicht weit von der Kletterhalle entfernt war und sie es beide gut erreichen konnten. Er selbst war jedoch noch nie hier gewesen. Sie auch nicht, das hatte sie ihm gleich gesagt. Ihre Worte: «Dann probieren wir mal was Neues aus», hatte er noch im Ohr. Was sie damit wohl gemeint hatte? Wahrscheinlich nichts, wies er sich selbst zu Recht. Als er sich ausgiebig im Café umgeschaut hatte, war er sich sicher, eine gute Wahl getroffen zu haben. Hier war es wirklich angenehm. Hierher konnte man wieder kommen. Allerdings hätte er ihr viel lieber an einem Tisch gegenüber gesessen. So gab es nur das Sofa. Der Platz neben ihr war frei und das Sofa war auch breit genug, um ihr nicht gleich zu nahe zu kommen, aber für ein erstes Gespräch war das doch irgendwie unpassend. Warum sie das Sofa wohl gewählt hatte? Auch wenn der Gedanke verlockend war zu glauben, dass sie das Sofa genommen hatte, weil es farblich so gut zu ihrem Pulli und den Ohrringen passte, er war sich sicher, dass das nicht der Grund dafür gewesen war. Als er sich umschaute, musste er auch feststellen, dass es nicht daran liegen konnte, dass das Café zu überfüllt gewesen war. Außer einer arbeitenden Frau und einem Zeitung lesenden alten Herren konnte er niemanden entdecken. Wahrscheinlich hatte sie das Sofa gewählt, weil es etwas abseits lag und sie so in Ruhe miteinander sprechen konnten. Wenn das der Grund gewesen war, dann konnte er das gut nachvollziehen.

Nachdem sie kurz aufgestanden war und ihm die Hand zur Begrüßung gereicht hatte, sagte sie: «Ich fand den Platz hier am besten für eine Unterhaltung, da dachte ich mir, dass man das Sofa in Kauf nehmen kann, oder?» Als sie sich wieder gesetzt hatte, nahm sie ihre Jacke und ihre Tasche vom Sofa, so dass er sich neben sie setzen konnte. Was er dann auch tat und dabei genug Platz zwischen ihnen ließ. Es war ein Leichtes für beide in eine erste Unterhaltung einzusteigen. Beide fühlten sich wohl und alles war so, wie es sein sollte. Die Bedienung fragte nach seinen Wünschen und er bestellte Tee und Saft. Schnell waren sie in ein Gespräch vertieft, sie bemerkten nicht, dass seine Getränke gebracht wurden. Es entging ihnen ebenfalls, dass die anderen Gäste bezahlten und gingen. Sie blieben allein auf dem Sofa zurück. Beide hatten sehr schnell vergessen, dass dies ihr erstes Treffen war. Ihre Geistesblitze und Fragen hatten sich in Luft aufgelöst. Nein, natürlich nicht in Luft, aber sie waren deutlich in den Hintergrund gerückt, denn es gab andere Themen über die sie gerade nachdenken wollte. Maik hatte mehrere gute Gedanken zu den verschiedensten Themen. In diesem Augenblick war es egal wie er aussah, denn das was er von seinem Inneren preis gab, gefiel ihr mindestens genauso gut, wie das, was sie bis jetzt von seinem Äußeren wahrgenommen hatte. Maik erging es da mit ihr recht ähnlich. Ihre Erscheinung gefiel ihm natürlich noch immer, aber dass sie klug und witzig war, unterstrich nur noch ihre Schönheit. Beide dachten bei sich, dass sie sich schon lange nicht mehr so gut unterhalten hatten. Im Hintergrund lief noch immer „Romeo und Julia", was beiden mittlerweile egal war. Auch waren sich beide nicht bewusst, dass die Bedienung nur noch alleine am Tresen saß und einen Tee ganz in Ruhe trank. Sie hatte sich eine Zeitung genommen. Hier konnte sie all die Dinge nachlesen, die außerhalb ihres Cafés stattgefunden hatten und die sie bis jetzt noch nicht gewusst hatte. Manchmal überkam die Besitzerin des Cafés die Vermutung, dass ihr Café ein Mikrokosmos war. Das was innerhalb dieser

Wände stattfand, war ein Abbild der Welt da draußen. Hier erlebten Menschen aus der Nachbarschaft die wirklichen Geschichten, die schönen, traurigen und lustigen. Hier ergaben sich Menschen ihrem Schicksal, wenn auch nur sehr kurz und am Rande. Aber das, was draußen im Weltgeschehen stattfand, das gab es auch hier: Kriege, Versöhnungen, Katastrophen, Liebe, Momente des Glücks… all das gab es. Jeden Tag. In ihrem Café.

Sie schaute zu dem Pärchen hinüber und betrachtete es. Als sich beide zusammen auf das Sofa gesetzt hatten, glaubte sie, dass beide sich nicht gut und lange kennen würden. So wie die Frau am Anfang auf dem Sofa gesessen hatte. Den Blick erst auf die Uhr, dann auf die Tür, schließlich wieder gedankenverloren mit dem Kaffee in der Hand. Als der Mann aufgetaucht war, war sie sich sicher: Das war das erste Date zwischen den beiden. Wie er stand und die Frau musterte, das konnte nur die erste Verabredung sein. So wie sie sich zusammen auf das Sofa gesetzt hatten. Sie war ein Stück weg gerutscht und er hatte sich so hingesetzt, dass es auf jeden Fall einen gebührenden Abstand zwischen ihnen gegeben hatte. Alles sprach dafür, dass die zwei sich zum ersten Mal trafen. Dann war etwas passiert. Sie hatte etwas gesagt und er hatte sich entspannt. Sie hatten angefangen zu reden. Offenbar verstanden sie sich gut. Eigentlich viel zu gut, um sich erst kurz zu kennen. Vielleicht hatte sie sich getäuscht. Vielleicht kannten die zwei sich doch schon länger? Vom Gespräch selbst konnte sie nichts mitbekommen. Das Sofa stand außer ihrer Hörweite. Wenn man ungestört sein wollte, dann war das rote Sofa in ihrem Café die beste Wahl.

Sie schaute raus und konnte sehen, dass es mittlerweile schon dunkel geworden war. Das hieß im November zwar nicht unbedingt, dass es spät war, aber ein Blick auf die Uhr verriet ihr, dass es fast neunzehn Uhr war. Um sechs Uhr abends schloss sie in der Regel das Café. Manchmal blieben Gäste länger. Menschen, die nicht davon ausgingen, dass das Café so früh geschlossen wurde. Dann blieb sie selbst auch gerne mal länger. Ein Blick auf die Uhr zeigte ihr, dass es Zeit war, nach Hause zu gehen. Nach einem langen Arbeitstag zog es sie in die eigenen vier Wände. Sie stand auf und machte sich auf den Weg zum Sofa. Sie hörte beide lachen und dachte, dass sie das Paar nur ungern störte. Der Drang nach Hause war jedoch stärker. Beide waren überrascht und schauten auf die Uhr. Offenbar hatten sie die Zeit vergessen und waren mit sich beschäftigt gewesen, so dass sie etwas überrumpelt waren. Die Bedienung registrierte die roten Wangen der Frau und das Leuchten in den Augen des Mannes und kam zu dem Schluss, dass es wohl doch das erste Date zwischen beiden gewesen sein musste. Offenbar war es für beide eine gute Verabredung gewesen. Als sie bezahlt hatten, gingen sie durch die Tür und blieben noch eine Weile vor dem Café stehen. Für die Cafébesitzerin war es offensichtlich, beide würden gemeinsam den Abend verbringen. Beim Bezahlen hatten sich beide schon darauf verständigt, gemeinsam essen gehen zu wollen. Sie bezweifelte, dass es dabei bleiben würde. Das Paar ging einträchtig auf die andere Straßenseite. Dann waren sie aus dem Blickfeld verschwunden.

Kapitel 13: Letzte Geschichte für heute

Ihre beiden letzten Gäste waren gerade zur Tür hinaus. Sie kramte nach dem Schlüssel. Während sie zur Tür ging, schossen ihre Gedanken gleichzeitig durch den Kopf. Sie dachte an die Dinge, die sie heute noch würde tun müssen. Es gab Tage, an denen war sie für das tägliche, immer wieder-kehrende Allerlei dankbar. Alles verlief im gleichmäßigen Fluss und sie genoss, dass es so war. Sie musste über nichts, was sie tat, nachdenken. Wenn sie als erstes die Tische abwischte, um dann die Stühle darauf zu stellen, ging ihr die Arbeit wie von selbst von der Hand. Sie konnte in dieser Zeit ihren Gedanken nachhängen. Alles wurde in gleichbleibender Reihenfolge erledigt. Die große alte Kaffeemaschine musste gereinigt, die übrig gebliebenen Kuchen verpackt und in den Kühlschrank gestellt werden. Was nicht mehr zu retten war, landete im Mülleimer. So war es jeden Tag. Meistens ging ihr diese Routine gut von der Hand. Es gab jedoch auch andere Tage. Die waren seltener. An diesen Tagen fiel ihr alles schwerer. Da war sie müde und hätte am liebsten alles stehen und liegen lassen, nur um nach Hause zu kommen. Dann war es zwar schwerer als sonst, alle Aufgaben zu erfüllen, aber wenn sie einfach weiter machte und versuchte, sich nicht zu sehr dagegen aufzulehnen (welchen Sinn machte es sich gegen Müdigkeit und Unlust zu beklagen?), dann gingen auch diese Tage vorüber. Sie wusste aus Erfahrung: Die schönen Tage kamen wieder. Mit Sicherheit. Es hatte mal eine Zeit in ihrem Leben gegeben, da hatte sie gedacht, dass die schönen Tage niemals wiederkehren würden. Morgens, wenn sie die Augen aufgeschlagen hatte, wollte sie sofort, dass es wieder Abend werden sollte. Jeder Tag war eine kleine Qual gewesen. Die Müdigkeit und die Trauer hatten sie täglich begleitet und ihr jegliche Kraft geraubt. Aber sie hatte erlebt, dass es die schönen Tage dennoch gab. Sie kamen zurück, auch wenn man sich das im tristen grauen Einerlei jedes einzelnen Tages nicht wirklich vorstellen konnte. Eines Morgens wurde man wach und sah, dass die Sonne warm und hell schien. Dann war es völlig unfassbar, dass sie so lange verborgen geblieben war.

Dann gab es auch noch die Tage des Einerleis. Die lagen irgendwo dazwischen und waren weder gut noch schlecht. An diesen Tagen wurde getan, was getan werden musste, allerdings ohne ein Gefühl für etwas zu bekommen. Sie nannte diese Tage die *weißen* Tage. Sie wollten einfach keine Farbe annehmen. Weder bunt noch grau, nicht einmal schwarz. Sie hinterließen im Gedächtnis einen blinden Fleck.

Der heutige Tag war jedoch gut gewesen, trotz der grauen Kälte vor dem Fenster. In ihrer Erinnerung würden die warmen Lichter ihres Cafés erhalten bleiben. Die bunten dampfenden Tassen und die lachenden Gesichter der Menschen, denen sie heute begegnet war. Es war ein Tag mit guten Gedanken und interessanten Menschen gewesen. Sie sah noch das Paar vor sich, ihre letzten Gäste von heute. Wenn sie denen nicht gesagt hätte, dass es für sie Zeit wurde, das Café zu schließen, säßen sie noch immer auf dem Sofa. Ausschließlich mit sich selbst beschäftigt, ohne ihr Umfeld wahrzunehmen. Ihre Verliebtheit hatte alles ausgeblendet. Liebe war sicherlich schön, wenn sie nur nicht so leicht zu vergraulen gewesen wäre. Kaum war sie da, musste sie wieder weiter ziehen. Sie gönnte diesem Paar die Liebe von Herzen. Die Hoffnung, dass die Liebe sich in ihr Leben verirrte, die hatte sie längst verbannt. Nur manchmal kam es vor, dass sie doch ein klein wenig aufblitzte, die Hoffnung, und sie daran erinnerte, wie schön es war, wenn die Schmetterlinge im Bauch losflatterten. So schön, dass es unmöglich zu einem Dauerzustand werden konnte. Schade nur, dass der Preis, den man für diese Schmetterlinge bezahlen musste so hoch war. Sie wollte einfach keine Preise mehr bezahlen. Wenn das bedeutete, dass sie dann auf die Schmetterlinge im Bauch verzichten musste, dann sollte das so sein. Keine Schmetterlinge, keine Preise.

Sie wendete sich ihrer Kaffeemaschine zu und begann, die Einzelteile abzuschrauben. Plötzlich kam ihr der Musiker wieder in den Sinn. Wie viele Schmetterlinge der wohl bei Frauen auf die Reise geschickt hatte? Sicher zu viele. Bestimmt hatte er mehr wie ein Herz gebrochen. Auch wenn er auf den ersten Blick nett erschien, mit ihm stimmte etwas nicht. Was das war, hätte sie nicht sagen können. Er hatte etwas von einem verzogenen Bengel an sich, der immer alles bekam was er wollte. Etwas in seiner Haltung und seinen Bewegungen hatte ihr ein schlechtes Gefühl bereitet. Meistens entstand dieses Unbehagen, weil man etwas unbewusst wahrnahm. Intellektuell konnte es jedoch nicht erfasst werden und dennoch versetzte es den gesamten Körper in Alarmbereitschaft. Das hatte sie vor einiger Zeit mal gelesen und sehr einleuchtend gefunden. Es erklärte so vieles, auch warum manche Menschen direkt einen unangenehmen Schüttelfrost auslösen konnten. Seitdem versuchte sie, mehr auf ihr Gefühl zu hören. Auch wenn es sich rational nicht erklären ließ. Irgendwas würde also dran sein, wenn sie den Musiker für einen Blender hielt. Jemand, der einem sicher nur Ärger einbringen würde, wenn man ihm dazu Gelegenheit böte.

Da fiel ihr ebenfalls dieser schmierige Typ ein, das Monster. Sie schaute auf die Notiz, die an ihrem Kalender hing und wunderte sich wieder ein wenig über sich selbst. Sie hatte sich noch nie eine Notiz von einem ihrer Gäste gemacht, an welchem Tag jemand gekommen und wieder gegangen war. Aber etwas in ihr hatte sie dazu angestiftet. Wer weiß wofür das noch gut sein würde? Vielleicht für gar nichts. Aber von diesem Menschen ging ebenfalls nichts Gutes aus. Auch wenn sie keine Vorstellung davon hatte, was das bedeutete, wenn er wiederkäme. Sie würde ihn im Auge behalten. Einen Spitznamen hatte sie für ihn schnell gefunden gehabt. Monster fand sie angemessen, so wie sie die kleine alte Dame in Gedanken schon vor einiger Zeit „kleine Omi" getauft hatte. Wer weiß, wer von den heutigen neuen Gästen wiederkommen würde? Der Musiker hoffentlich nicht, auch wenn sie ihn jetzt schon bei sich nur „Tröte" nannte.

Es war Zeit für sie, wie jeden Abend, den letzten Tee zu trinken. Ein letztes Mal Wasser aufkochen, Tee in ihre Tasse füllen und ein Weilchen warten. Den Tag Revue passieren lassen. Als sie sich setzte, fiel ihr Blick auf das Sofa. Sie musste an ihren ersten Gast denken. Die kleine Omi, die schon so früh einen Sekt bestellt hatte. Erst jetzt fiel ihr wieder ein, dass sie es mehr als seltsam gefunden hatte, dass die alte Dame ihren Mantel und ihre Tasche dagelassen hatte. Das war merkwürdig, schließlich kam die alte Dame selten, aber schon sehr lange in ihr Café. Immer hatte sie diese Tasche dabei gehabt und sobald es kälter wurde, auch ihren Mantel. Was war passiert, dass sie plötzlich auf beide Sachen verzichten konnte? Eigentlich war es mehr als ein Verzichten. Sie hatte die Dinge mit Freude weggegeben. So als hätte sie plötzlich entdeckt wie schäbig sie waren. Und das waren sie tatsächlich gewesen. Schon seit sie die Dinge das erste Mal bei der kleinen Dame entdeckt hatte, vor einigen Jahren. Das erinnerte sie an eine Szene, die sie neulich mit ihrer Tochter erlebt hatte. Vor ein paar Wochen war ihrem Kind das alte Schnuffeltuch aus Kindertagen beim Aufräumen in die Hände gefallen. Sie war entsetzt gewesen, als ihre Mutter ihr erklärte, dass sie ohne dieses Tuch nicht hatte leben können, als sie zwei Jahre alt gewesen war. Jetzt war ihre Tochter fünfzehn. Nur mit Mühe hatte ihre Mutter sie vom Entsorgen des alten, stinkigen und fleckigen Schnuffeltuchs abhalten können.

Bei der alten Dame hatte sie den gleichen Gesichtsausdruck wie bei ihrer Tochter entdeckt. Das machte sie neugierig und sie nahm sich vor, die alte Dame danach zu fragen. Etwas Entscheidendes musste in ihrem Leben passiert sein. Sie nahm einen großen Schluck Tee und im Schnelldurchlauf gingen ihr die Menschen durch den Kopf, die heute an den Tischen und auf dem Sofa gesessen hatten. Einige bekannte Gesichter, wie die zwei Freundinnen, waren dabei gewesen. Sie brachten immer ein besonderes Gefühl mit in das Café. Es war, als würden gute alte Bekannte auf einen Sprung vorbei kommen. Natürlich wusste sie, dass das Unsinn war, aber dennoch war es eine kleine Freude, wenn die Menschen immer wieder kamen. Zeigte es doch, dass sie sich im Café wohl fühlten und es gerne besuchten. Einige neue Gesichter hatte sie heute entdecken können. Zum Beispiel den Mann, der vor lauter Denken seinen Kakao nicht getrunken hatte.

Sie trank den letzten Schluck Tee und stellte alles an seinen Platz. Ein abschließender Blick durch ihr Café war befriedigend. Alles hatte seinen Platz. Es wurde Zeit, nach Hause zu gehen. Sie nahm ihre Tasche und die Schlüssel, ihr Blick blieb nur kurz am roten Sofa hängen. Dann löschte sie das Licht und schloss von außen das Café zu. Auch wenn sie froh war, dass sie gleich zu Hause sein würde: Morgen würde sie ein neuer Tag in ihrem Café erwarten. Ihre Absätze klapperten über das Kopfsteinpflaster, als ihre Silhouette im Nebel verschwand.